ご主人様はダーク・エンジェル　上

ベス・ケリー
杉田七重 訳

ベルベット文庫

ご主人様はダーク・エンジェル　上

リース・ピーダーソン、ローラ・ブラッドフォード、マーレット、アメリア、わたしの夫、それぞれに心より感謝を捧げます。そもそもあなたたちがいなければ、わたしがこの仕事に携わることはできませんでした。さらに、長年にわたって、わたしの作品を支持してくださっている読者のみなさんにも感謝を捧げます。みなさんがいなければ、この仕事の成功はあり得ませんでした。

パートⅠ　「彼女を頭から追いださないと」

1

イアン・ノーブルが入ってきたと聞いて、豪華なレストランを埋めつくす人々の大半がそちらへ目を向けた。フランチェスカもまた同じように目を向け、そのとたん心臓が飛びはねた。群衆の先で、すらりと背の高い男がコートを脱ぎ、極上のスーツに包まれた細身のボディをあらわにした。あれがイアン・ノーブルか。男の腕に掛かったエレガントな黒のコートに、フランチェスカの目がとまる。それはいい。ただしスーツというのはいただけない。この場はやっぱり、ジーンズでしょ？　と思ってすぐに、その考えは吹き飛んだ。イアン・ノーブルのスーツ姿はとびきりゴージャスだった。そう言えばGQ誌のコラムに、ロンドンのサヴィル通りに軒を連ねる高級紳士服店が栄えているのは、ひとえにこの男のおかげだと書かれていたっけ。英国貴族の末裔《まつえい》である実業家に、これ以上ふさわしいスタイルがほかにあるだろうか？　並んで入ってきた男のひとりがコートを預かろうと手を伸ばすものの、イアンはついと首を振った。

謎に包まれたミスター・ノーブルは、フランチェスカの受賞を祝うカクテルパーティに、主催者として一応顔は出したものの、長居をするつもりはまったくないようだった。

「ほら、ミスター・ノーブルのおでましよ。きっと彼、大喜びするわ。あなたの作品をものすごくかっているんだから」リン・スーンがどことなく自慢げに言う。まるでイアン・ノーブルは自分の雇い主ではなく、愛人でもあるかのように。

「わたしなんかに会うより遥かに大事なことで頭がいっぱいみたい」フランチェスカはそう言って微笑み、クラブソーダを一口飲んでノーブルを観察する。ふたりの男をそばに立たせたまま、携帯電話できびきびと話しながら、ノーブルは依然としてコートを腕から離さない。ほんのわずかに口元がゆがんだのは、いらだっているせいだろう。なんだ、相手もやっぱり人間だと思うと、少し緊張が和らいだ。ルームメイトたちには隠していたが――仲間内では〝なんでもかかってこい〟タイプの女と思われている――イアン・ノーブルに会うということで、このところずっと妙な具合に緊張していた。

会場の人々はまたそれぞれの会話にもどったが、ノーブルが入ってきたことでレストラン内の活気はいくぶん増していた。外見だけを見れば、上流階級然とした、まったく保守的な人物。それがTシャツを着たハイテク世代の憧れの的になったのは不思議な話だった。見たところ年は三十代。数年前にソーシャルメディアの会社を立ちあげたことが突破口になって、手はじめに十億ドルを稼ぎだしたと、何かで読んだことがあった。その会社を公募増資に付して、さらに百三十億ドルを稼いだあと、即座にインターネット通販にも手を広げ、大きな成功を収めていた。

この男が手を触れたとたん、なんでも金《きん》に変わるらしい。なぜ？　イアン・ノーブルだから。世界は彼の思うがまま。フランチェスカの口元がわずかにほころぶ。結局のところ、富裕なだけの俗物だ。お金を出してくれるありがたいパトロンだと、割り切ってつきあえばいいのだと少し安心する。芸術家のつねとして、フランチェスカもまた、だまって金を出してくれるパトロンに、ある種の不信感を抱いていた。悲しいことだが、貧しいアーティストにはみな、イアン・ノーブルのような人間が必要だった。

「あなたが来てるって、知らせてくるわね。とにかく彼はあなたの絵にベタ惚《ぼ》れなの。最終選考に残ったほかの二枚には目もくれなかったんだから」リンが言っているのは、フランチェスカが勝ち取ったコンペのことだ。いま彼女たちがいる高層ビルはノーブルがシカゴに新しく建てたもので、優勝者にはその壮大なロビーに飾る絵を描く栄誉が与えられる。今日はそのフランチェスカの栄誉をたたえて、同じ建物内にある〈フュージョン〉という名の、時代の先端を行く分、値段もとびきり高いレストランでカクテルパーティがひらかれていた。今回フランチェスカにとって何よりも重要なのは、十万ドルという賞金がもらえること。それをすべて美術学修士号を取るための学資に充てるつもりだった。

気がつくと、フランチェスカの横にゾーイ・シャロンという名のアフリカ系アメリカ人の若い女性が立っていた。ちょっと席をはずすあいだのおしゃべり相手にと、リンが連れてきたらしい。

「はじめまして」ゾーイがあいさつをする。歯科矯正医から満点をもらえそうな歯並びを見せてにっこり笑い、フランチェスカと握手をした。「受賞おめでとう。すごいことね――これから出勤するたびに、わたしたちは真っ先にあなたの絵を見ることになる」

自分の格好とゾーイのスーツ姿とを見比べて、フランチェスカはますます居心地が悪くなってくる。リン、ゾーイをはじめとして、今日自分を祝うために集まってくれた人々はみな、洗練を極めたリッチなファッションに身を包んでいた。ノーブル主催のカクテルパーティで、くだけすぎたボヘミアン・シックはまずいと、どうして気づかなかったのか。だいたい上品《シック》といっても、わたしの格好は上品にはほど遠い。なぜそれがわからなかった？

ゾーイはノーブル・エンタープライズのアシスタント・マネージャーで、イメージトロニクス部門の統括者。いったい何をする部門だろう？　失礼のないよう相づちをうちながらも、フランチェスカの注意は目の前の相手にはなく、気がつくとまたレストランの前方をちらちらと見ている。

リンが近づいていって話しかけると、ノーブルは口元をかすかに和らげたが、数秒もするとうんざりした表情になり、きっぱりと首を横に振って腕時計に目を落とした。顔を合わすのは気が重いなんて、余計な心配だった。忙しい彼には、星の数ほどもある慈善事業の一受賞者に、お決まりのあいさつをする気などないようだった。本日のカクテルパーティは、アーティストに仕事を依頼する関係上持ちあがってきた、煩《わずら》わしい用事のひとつに過ぎないのだ。

フランチェスカはゾーイに向きなおって、にっこり笑った。ノーブルにあいさつをしなくてもいいとわかったとたん気が軽くなり、こうなったらこの時間をとことん楽しんでやろうと心が決まった。

「あの人の、どこがそんなにすごいの？」

フランチェスカのあからさまな質問にゾーイがぎょっとした顔をし、バーカウンターの正面に立つノーブルにちらりと視線を向ける。

「すごい？　言わば彼は神よ」

フランチェスカはにやっとする。「あなたも信者？」

ゾーイが吹きだした。フランチェスカもいっしょになって笑った。一瞬ふたりは、パーティ会場で一番ハンサムな男性をネタにきゃあきゃあ笑いあう、若い女の子と変わらなくなった。たしかにハンサムだと、フランチェスカは認める。パーティ会場に限らず、これまでの人生で出会った誰よりも魅力的な男だった。

ゾーイの表情が変わったのを見て、フランチェスカは笑うのをやめた。振り返ると、ノーブルの目が自分をまっすぐ見ていた。フランチェスカの下腹部に熱い興奮の波が盛りあがる。はっと息を吸う間もなく、ノーブルは部屋を横切ってこちらへ悠々と歩いてくる。驚いた顔のリンをあとに残して。

なぜだかフランチェスカは走って逃げたくなった。

「あ……こっちへ来るわ……リンがあなたのことを知らせたのよ」ゾーイは言い、フランチェスカと同じように、面食らい、焦っているようだった。それでもゾーイはフランチェスカよりずっとこういう場面に慣れていた。ノーブルがやってきたときには、はしゃいでいた女の子の気配は微塵《みじん》もなく、落ちついた美しい女性に早変わりしていた。

「こんばんは、ミスター・ノーブル」ゾーイがあいさつをした。

ノーブルの瞳はコバルトブルー。鋭い視線でフランチェスカの顔を一瞥《いちべつ》してから、彼はゾーイと向きあった。そのあいだにフランチェスカは肺に空気を入れる。

「ゾーイ、だったね？」ノーブルが言った。

イアン・ノーブルが名前を覚えてくれていた、その喜びをゾーイは隠しきれない。

「はい。イメージトロニクスのゾーイです。フランチェスカ・アルノをご紹介します。ファー・サイト・コンペティションで、あなたが選んだ優勝者です」

ノーブルはフランチェスカの手を取った。「はじめまして、ミズ・アルノ」

フランチェスカはばかみたいにうなずくだけで、言葉がひとつも出てこない。脳が一時的に機能を停止したようだった。目に映る相手の顔と、手をすっぽり包む温度と、低音のブリティッシュ・アクセントに完全に圧倒されていた。短めにカットしたスタイリッシュなダークヘアとグレーのスーツが彼の肌の白さを際立たせている。ダーク・エンジェル。そんな言葉がひとりでに頭に浮かんだ。

「きみの作品には、言葉にならないほど感動した」にこりともせずに言う。事務的な口調でありながら、まなざしはフランチェスカへの強い興味を示している。

フランチェスカはどぎまぎして息を呑む。「ありがとうございます」ノーブルの手が彼女の手の上をすべり、ゆっくり離れた。相手はだまってこちらを見ている。なんともおそろしい沈黙の瞬間。気をとりなおして、背筋をぴんと伸ばした。

「直接お目にかかって賞のお礼を申し上げることができて、とてもうれしく思います。どれだけ感謝の言葉を重ねても足りないぐらいです」相手の気迫に圧倒されながらも、練習してきたとおりに言葉を並べた。

ノーブルはほんのわずかに肩をすくめ、なんでもないというように片手を左右に振った。「きみの実力だよ」フランチェスカの目をまっすぐ見て言う。「将来が楽しみだ」

自分の喉がびくんと動くのがわかり、気づかれていませんようにと願う。

「そうおっしゃっていただけるのはうれしいです。でもわたしは、あなたがチャンスをくださったことに、お礼を申し上げたかったんです。これがなかったら、おそらく修士課程二年目の学費が支払えず、修士号は取得できなかったと思います」

ノーブルは目をぱちくりさせた。はっと身体を固くするゾーイの姿がフランチェスカの目の隅に映る。決まりが悪くなってフランチェスカはノーブルから目をそらした。いまの言葉、とげとげしく響いただろうか？

「なるほど。ぼくはよく祖母に叱られるんです。おまえは感謝の言葉を素直に受けとめられないって」ノーブルの口調が穏やかになり……心なしか温かみも感じられた。「きみにも叱られて当然だ。よいチャンスになったと聞いて、ぼくもうれしいですよ、ミズ・アルノ」そう言って、こくりとうなずいた。「ゾーイ、リンに伝えてもらえるかな？ザンダー・ラグランジュとのディナーはやっぱりキャンセルする。予定を組み直すように頼んでほしい」

「承知しました、ミスター・ノーブル」ゾーイが言って歩みさった。

「すわりませんか？」革張りの丸いボックス席があいているのをノーブルがあごで指す。

「はい」

あわててボックス席に入るフランチェスカを見ながら、ノーブルは後ろで待っている。あわてる必要なんかないのだとフランチェスカは気づき、自分がぶざまに思えてしょうがない。フランチェスカが席に収まると、その隣にノーブルがさっと腰を下ろした。流れるように優雅な動作だった。フランチェスカは、ビーズが縫いつけられたチュニックドレスの薄いスカートを撫でつけて皺《しわ》を伸ばした。シカゴのウィッカーパークの古着屋で買ったヴィンテージ物だが、九月初頭の晩は思った以上に冷えていて、読みを間違えたことに、いまさらながら気づく。ドレスの細いストラップを思えば、アウターは、カジュアルなデニムジャケットという選択肢しかなかった。非の打ち所なく装った紳士と並ぶのに、これほどばかげた格好はないだろう。

そわそわしながら襟元を直していると、相手がじっとこちらを見ているのに気づいた。目と目が合った。フランチェスカは挑戦的にあごを持ちあげる。相手の口元に笑みがちらっと浮かんだのを見て、なぜだか下腹部がきゅっと締まった。

「修士課程の二年目と言ったかな？」

「はい。アート・インスティテュートの」

「素晴らしい学校だ」つぶやくように言うと、テーブルの上に両手を乗せ、ボックス席の壁に背を預けて、すっかりくつろいだ顔になった。くつろぎながらも、すらりとしなやかな身体は、完全には緊張を解いていない。のんびりとした様子ではあるが、獲物を目にしたとたん、全力で飛びかかる獣を思わせた。腰はスリムだが、肩幅は広く、ぴんと張ったワイシャツの布地の下には相当な筋肉をたくわえているようだ。「ぼくの記憶に間違いがなければ、きみはノースウェスタン大学で美術と建築の両方を学んだ。エントリーシートにそう書いていたね？」

「はい」フランチェスカは息を呑み、相手の手から目をそらした。指はほっそりしているのに、手自体は大きく、指先が丸かった。なんでもできそうな手。目をそらしたはずなのに、目に焼きついた手の映像に、心が騒いで仕方ない。もし、あの手で触れられたら……ウエストを包まれたら……。

「なぜだい？」

フランチェスカははっとした。不謹慎な想像から抜けだして、相手の落ちついたまなざしと向きあう。「なぜ建築と美術の両方を学んだか、ですか？」

相手はうなずいた。

「建築は親のためで、美術は自分のためです」言ったあとで、ずいぶん素直に答えたものだと、われながら驚いた。これまでにも同じことを何度か訊《き》かれたが、たいていは冷ややかな表情で相手を見下して終わりにした。両方の才能があるのに、どうしてひとつにしぼる必要があるだろう？「両親がともに建築家で、娘も建築家にするのが、ふたりの生涯の夢なんです」

「となると、きみはご両親の夢を半分叶えてあげたのかな？　建築家になる資格を取得しながら、実際に仕事をする気はないと」

「必要になれば、いつでもやります」

「それを聞いて安心した」ノーブルは言って、テーブルに近づいてきたドレッドヘアの男に顔を上げた。薄いグレーの瞳が濃い色の肌によく映える色男だった。ノーブルが男と握手をしながら言う。「リュシアン、景気はどうだい？」

「おかげさまで」言ってから、興味をそそられたようにフランチェスカに目を向ける。

「ミズ・アルノ、こちらはリュシアン・ルノー。フュージョンの支配人で、欧州一有名なレストラン経営者だ。パリでも最高のレストランから引き抜いてきた」

イアンの紹介をくすぐったがるように、リュシアンは目をぐるぐるさせて笑みを漏らした。「早くフュージョンも、最高と言われるようになるといいんですが。ミズ・アルノ、はじめまして」リュシアンが、耳に心地良いフランス語なまりで呼びかけた。「何を飲まれますか？」

ノーブルがフランチェスカに促すような目を向ける。男らしく精悍な顔だちにそぐわない、ふっくらした唇。肉感的でありながら、意志の強さをも感じさせる。

――抗《あらが》えない。

わたしときたら、いったい何を考えてるんだろう？

「いえ、けっこうです」答えながら、心臓が妙な具合に飛びはねている。

「それは何？」ノーブルが、半分あいたフランチェスカのグラスをあごで指す。

「クラブソーダにライム、いつもこれなんです」

「今日はお祝いだよ、ミズ・アルノ」彼に名前を呼ばれると、耳と首がゾクゾクするのは、そのブリティッシュ・アクセントのせいだろうか？　何か独特な響きがあるのには気づいていた。いかにも英国という感じだが、それ以外にも、言葉の端々に不思議な響きがまとわりつく。どこのなまりともつかないものが。「ぼくらにロデレールのブリュット（ルイ・ロデレール社のシャンパン）を一本」ノーブルはリュシアンに言った。リュシアンはにっこり笑い、軽くお辞儀をしてから歩みさった。

フランチェスカはますますわけがわからなくなる。なんだって、わたしのためにわざわざ時間を割いてくれるのか？　この人が受賞者全員とシャンパンを酌み交わすなんてあり得ない。「で、リュシアンが来る前に話していたことにもどるが、きみに建築の素養があるとわかってうれしいよ。きみの絵が極めて正確で、奥行きがあり、ゆるがぬ様式に裏打ちされているのは、その方面の技術と知識があるからに違いない。きみがコンテストに出品した作品には目をみはったよ。ぼくが自社のロビーに望む精神を正確に体現していた」

フランチェスカはノーブルの非の打ち所のないスーツにさっと目をやる。この人が完璧な直線を好むのは、わかる気がする。それでも自分が追求するのは正確さではない。対象のフォルムと構造に惚れこんだところからスタートすることが多いとはいえ、それがゴールではなかった。「喜んでいただけて、うれしいです」心の内をおくびにも出さずにフランチェスカは言った。

ノーブルの口元にうっすらと笑みが浮かんだ。「どうやらもっとほかに、言いたいことがあるようだ。ぼくが喜ぶ、それだけじゃ、きみはうれしくないのかな?」

フランチェスカの口がぽかんとあいた。わたしが絵に打ちこむのは、ほかの誰でもない、自分を満足させるためだと、喉元まであがってきた言葉をあわてて呑みくだした。危うく口に出すところだった。いったいわたし、どうしたっていうの? 目の前の相手は自分の将来を握っているっていうのに。

「先ほど申し上げたとおり、コンテストで優勝したこと以上に、うれしいことはありません。夢のようです」

「なるほど」ぼそりと言ったところで、リュシアンがシャンパンとアイスバケットを持って現れた。彼がコルクを抜こうとせわしく準備をするなか、ノーブルはそちらには一顧だにせず、ひたすらフランチェスカの顔を見つめている。とびっきり面白い科学の問題を解こうとでもいうように。「しかし、仕事が決まってうれしいというのと、ぼくを喜ばせられてうれしいというのは、同じじゃない」

「あっ、いえ、それは——」言葉に詰まって、リュシアンが音をたてずにコルクを抜くのをじっと見る。とまどいながら、またノーブルに目をもどすと、無表情と言っていい顔の中、目だけが強い光を放っていた。いったいこの人は何を言いたいのか? なんと言い返せばいいのかわからないという事実はさておき、だいたいどうしてわたしは、こんなにどぎまぎしているの? 「絵を気に入っていただけたのはうれしいです。とてもうれしいです」

ノーブルは何も言わない。発泡するシャンパンをフルートグラスにつぐリュシアンを、顔色ひとつ変えずにじっと見ている。適当なところでうなずき、小声で礼を言うと、リュシアンがテーブルを離れた。フランチェスカがグラスを手にとると、ノーブルも同じようにグラスに手を伸ばした。

「おめでとう」

フランチェスカは笑顔をつくり、ほんの一瞬、グラスどうしが触れあった。生まれて初めて経験する味わいだった――シャンパンは辛口でよく冷えており、舌をすべって喉へ落ちていく感触が、なんとも贅沢《ぜいたく》だ。横目でノーブルをちらっと見る。どうしてこの人は、平然としていられるのだろう。極限まで張り詰めた空気に、こっちは窒息してしまいそうなのに。

「高貴なお方でいらっしゃるから、バーのウェイトレスにお酒をつがせたりはしないのでしょうね」どうか声が震えていませんように。

「なんのことだろう？」

「いえ、その――」心の内で自分を呪った。「わたし、ウェイトレスをやってるんです――大学院の学費を稼ぐためのアルバイトで」あわてて言い訳したが、相手がいきなり冷ややかになり、威圧感さえ漂わせたので、少しパニックになる。グラスを持ちあげて、冷たいシャンパンをがぶりと飲みこんだ。すべてを台無しにした顛末《てんまつ》をあとでデイヴィッドに話して聞かせてやろう。親友だから、そりゃあ向こうが悪いよと、いっしょになって怒ってくれるだろう。ほかのルームメイト――ケイデンとジャスティン――だって、腹をかかえて笑ってくれる。そういう場面で、そんなことを言うやつがあるかって。

イアン・ノーブルが、こんなにハンサムだからいけないのだ。これじゃあどぎまぎしてかなわない。

「すみません。ばかなことを言ってしまいました。じつは――あなたのお祖父《じい》様とお祖《ば》母《あ》様が英国王室の末裔だと、何かで読んだことがあったものですから――まぎれもない伯爵と伯爵夫人だと」もごもご言い訳した。

「で、きみは、ぼくがウェイトレスに酒をついでもらうのを嫌悪するんじゃないかと考えた、そうだね？」相手は面白がる顔になったものの、だからといって表情が和らいだわけではなく、かえってまなざしが鋭くなった。フランチェスカは息を吐き、少しほっとする。完全に怒らせたわけじゃなかった。

「教育はほとんどアメリカで受けた」ノーブルが言う。「何よりもまず、自分はアメリカ人だと思っている。リュシアンが酒をつぎにきたのは、彼がそうしたいと思ったからだ。ぼくらは友人である上に、フェンシングのパートナーなんだ。イギリス貴族が男の従者をメイドよりも上に見るなんて風潮があるのは、現代じゃ、ヒストリカルロマンスの世界だけだよ、ミズ・アルノ。たとえあったとしても、非嫡出子には関係ない。失望させて申し訳ないが」

フランチェスカは頬が煮えたつように思えた。わたしという人間は、いったいいつになったら、ばかなことを口にしないでいられるようになるのか？　彼は非嫡出子？　そんな記事は読んだことがなかった。

「ウェイトレスはどこで？」フランチェスカが顔を真っ赤にしているのもおかまいなしに、ノーブルが訊く。

「バックタウンの〈ハイ・ジンクス〉です」

「聞いたことがないな」

「でしょうね」小声で言ってシャンパンをまたがぶりと飲んだとたん、飾らない笑い声が低く響いてきた。フランチェスカはびっくりして目をぱちくりさせる。相手の顔を見て、さらに驚いた。なんて楽しそうな顔。思わず胸がきゅんとなった。イアン・ノーブルは、どんな場面をとらえても絵になる男だが、笑みを浮かべたとたん、女の脅威になる。こんな笑顔を見せられて、落ちつきを失わずにいられる女はいない。

「もしよかったら……このあたりをいっしょに散策してみないか？　きみにどうしても見せたいものがあってね」

フランチェスカの手は、フルートグラスを口元に持っていく途中でとまっていた。いったいどういうことだろう？

「きみの仕事に直結するものだ」いきなり声が鋭くなった。威圧的と言ってもいい。「絵にしてもらいたい景色を見せよう」

驚きが、怒りに切り替わった。フランチェスカはあごを持ちあげて言う。「あなたのお望みのものを描かないといけないのでしょうか？」

「そうだ」間を置かず相手が言った。

フランチェスカはグラスをガチャンと置いた。中身がこぼれそうになったが、ノーブルはまったく動揺していない。想像どおり、爪の先まで尊大な男だった。賞を取ったはいいものの、その結果、いやな思いをするのではないかという予感が的中した。ノーブルは鼻孔を広げ、まばたきひとつせずにこちらを見すえており、フランチェスカも負けずににらみかえした。

「怒るのは、問題の景色を見てからでも遅くないと思うがね、ミズ・アルノ」

「フランチェスカと」

相手の青い瞳の中に、稲光のようなものが光った。一瞬フランチェスカは、トゲのある言い方をしたのを悔やんだが、ノーブルはこくんとうなずいた。

「じゃあ、フランチェスカ」口調が和らいだ。「ぼくもイアンで」

フランチェスカは下腹部が甘くうずくのを無視する。騙《だま》されちゃいけない。この人はまさにパトロンの典型。何かと力を及ぼしてきて、アーティストの才能を粉々にする。思った以上に手強い相手だった。

フランチェスカは無言でボックス席から出た。レストランの出入り口へと歩いていきながら、イアン・ノーブルがあとからついてくるのを全身の細胞で感じていた。


フュージョンを出てからも、ノーブルはほとんどしゃべらなかった。シカゴ川とロウワー・ワッカー・ドライブに沿って延びる歩道を先に立って歩いていく。

「どこへ行くんですか？」一、二分歩いたところで、フランチェスカが沈黙を破った。

「ぼくの家」

歩道の上でヒールの高いサンダルがガクンとなって、足がとまった。「あなたのお部屋へ行くんですか？」

ノーブルが足をとめて振り返った。すらりと伸びたたくましい腿《もも》のまわりで黒いコートの裾がはためく。ミシガン湖から風が吹いてきていた。「そう、きみはぼくの部屋に行く」それとなく悪ぶるような口調。

フランチェスカは眉をひそめた。心の内でわたしをばかにして笑っているに違いない。はいはい、楽しんでいただけて、とてもうれしいですわ、ミスター・ノーブル。イアン・ノーブルは大きく息を吸い、ミシガン湖の方角にじっと目を凝らしている。わたしへのいらだちを静めようとしているのだろう。

「そう言われて身構えるのも無理はない。だが安心していい――これは完全にビジネスの話だ。絵を描くのに必要なんだ。ぼくの暮らすペントハウスからの眺望をきみに描いてほしい。それ以外に下心があるなんて、きみのほうだって思うまい。ぼくらがそろって出ていくのを、レストランじゅうの人が見ていたんだから」

言われなくてもわかっている。出ていくとき、店内にいたすべての人々の目が、こちらを追跡しているのが感じられた。

フランチェスカは警戒の目でちらっと横を見る。それからふたりしてまた歩きだした。ノーブルの黒い髪が風になぶられている。これと同じ光景をどこかで見たことがあるような気がする。まばたきをすると、デジャヴの感覚は跡形もなく消えた。

「そうなると、わたしはあなたのご自宅で絵を描くことになるのでしょうか？」

「とびきり広いから」あっさりと言う。「おたがい、まったく顔を合わせないことも可能だ。お望みならね」

フランチェスカはペディキュアを塗った足の爪に目を落とし、表情を隠した。一瞬、心の中に不謹慎なイメージが浮かんだ――シャワーを浴びて出てきたイアンの、水に濡れてつやめく肌。まぶしいばかりの裸体を隠すのは、引き締まった腰に巻いた薄いタオル一枚だけ。

「それはちょっと、異例ではないでしょうか」フランチェスカは言った。

「異例はしょっちゅうだ」あっさりと言った。「あの眺望を見れば納得する」

ノーブルのペントハウスはイースト・アーチャーの三四〇番街にあり、一九二〇年代に建てられた由緒正しいイタリア・ルネサンス建築だった。ある授業で知って以来、フランチェスカがずっと憧れていた建物だ。暗色の煉瓦で造られたエレガントで陰のある塔は、どことなく彼に似合っている。最上階とその下のフロアを占めるペントハウスがすべて彼の住居だと言われても、フランチェスカはさほど驚かなかった。

専用エレベーターのドアが音もなくひらくと、ノーブルが手を伸ばして先に出るよう促した。

そこは魅惑の場所だった。

ファブリックや調度品は明らかに贅沢なものが揃っているが、それでいて通路には客を温かく迎えるムードがある――もちろん媚びは微塵も感じられないが、歓待の趣があるのは間違いなかった。フランチェスカはアンティークの鏡に映った自分の姿にちらっと目をやる。赤みがかったブロンドの長い髪は風になぶられて見られたものではなく、頬は赤く染まっていた。赤いのは風に当たったせいだと思いたいが、ひょっとしたらイアン・ノーブルといっしょにいるせいかもしれない。

目が美術品に向いたとたん、何もかも忘れた。広い通路はギャラリーも兼ねており、彼女は引きこまれるようにして先へ進んだ。口をぽかんとあけたまま、ずらりと並んだ絵のひとつひとつに目が釘付けになる。知らない作品が多かったが、なかには有名な絵もあって、初めてじかに見る名作に、歓喜が全身を突き抜けていく。

円柱の上に置かれた小さな彫像の横で、フランチェスカは足をとめた。古代ギリシア美術の有名な作品のレプリカで、非常に精巧にできている。「ずっと憧れていたアルゴスのアフロディテ」つぶやきながら、顔の造作の、えも言われぬ細部と、剝《む》きだしになった胴の優美な曲線に見入る。これだけのものが硬い雪花石膏に彫ってあるなんて、まさに奇跡としか言いようがない。

「ほんとうに？」ノーブルがおやと興味を惹《ひ》かれた。

フランチェスカはうなずき、呆然としながら先へ先へと歩いていく。

「それは数か月前に手に入れたばかりなんだ。簡単にはいかなかった」ノーブルに言われ、フランチェスカは陶酔から目覚めた。

「ソレンバーグ、大好きなんです」ふたりの前にかかっている絵の作者の名を出し、フランチェスカが振り返った。そこでふいに気がついた。すでに数分が経っている。まるで夢遊病者のようにふらふらと、まだ招かれもしないうちに彼のペントハウスの静かな奥へ踏みこんでいた。それなのに相手は何も言わず、やりたいようにさせてくれた。いま立っているのは応接間らしく、黄色、薄い青色、茶褐色の豪華な織物で飾られた贅沢の極みといった空間が広がっている。

「知ってるよ。コンペのエントリーシートにそう書いてあった」

「表現主義がお好きだなんて、意外です」

「どうして？」ノーブルの低音に耳をくすぐられ、フランチェスカの首筋に鳥肌が立った。ちらっと彼の顔を見あげる。その顔は思っていた以上に近くにあった。ソレンバーグの絵はクッションのこんもりしたベルベットのソファの上にかかっており、自分のすぐそばにイアンが立っていることに気づかないほど、フランチェスカはその絵に夢中になっていた。

「だって……わたしの絵を選んでくださったから」自信なげに言いながら、ノーブルの身体に目が吸いよせられ、思わず息を呑んだ。いつの間にかコートのボタンをはずしている。フランチェスカの鼻孔いっぱいに清潔でスパイシーな石鹸の香りが広がった。熱いものが性器を圧する。「きっとあなたは……秩序を重んじる人だと」吐息のような小声になった。

「そのとおり」ノーブルが言った。自信あふれる顔立ちに、影のようなものが差している。「だらしなさや無秩序は、ぼくの忌み嫌うところだ。しかしソレンバーグは違う」

そう言って絵にちらっと目を向けた。「彼は混沌から意義を生みだそうとしている。違うかな？」

フランチェスカは口をあんぐりとあけてノーブルの横顔をまじまじと見た。ソレンバーグをここまで簡潔に評した人に初めて会った。

「ええ、そうかもしれません」おずおずと言った。

ノーブルが口元に笑みを浮かべる。肉厚な唇はこの人のチャームポイントだとフランチェスカは思う。それに目も。がっちりしたあごも。それに、素晴らしい肉体も——。

「いまのは耳のいたずらだろうか」ノーブルが独り言のように言う。「きみの口ぶりに敬意のようなものを聞き取ったんだが?」

フランチェスカはソレンバーグの絵に目をもどして凝視した。ただ息をする、それだけで肺が燃えるような気がした。「さすがです。非の打ち所のない審美眼をお持ちです」

「ありがとう。たまたま意見が合ったわけだ」

フランチェスカは思いきって相手を横目でうかがった。ダーク・エンジェルのような目がこちらを凝視していた。

「ジャケットを」そう言って、ノーブルが両手をさしのべた。

「いやです」われながらおかしな受け答えだと気づいて、フランチェスカの頬がかっと熱くなる。陶酔のさなかに頭をガツンと殴られた感じだった。依然として相手は両手をさしのべている。

「預かろう」

フランチェスカは何か言い返そうとしたが、思い直してやめた。相手の目が半眼に閉じられ、かすかに眉がつりあがっているのに気づいたのだ。

「服を着るのは女だよ、フランチェスカ。服に着られちゃいけない。これがぼくからきみへの最初のレッスンだ」

フランチェスカはむっとした表情をつくり、相手の顔をちらりと見てから、ジャケットを肩から脱いだ。剝きだしの肩に空気が冷たく感じられるせいか、イアンのまなざしが温かく思える。フランチェスカは背筋をぴんと伸ばした。

「これからもっと教えてやろうと、そのおつもりかしら」ぶつぶつ言って、ジャケットを相手に渡した。

「たぶんそうなる。ついてきたまえ」

フランチェスカのジャケットをハンガーに掛けてから、イアンはギャラリーのような通路を先に立って進んでいき、途中で折れて狭い通路に入っていく。薄暗いなか、壁に設置された真鍮《しんちゅう》の張り出し燭台に火が灯っている。いくつも並ぶ背の高いドアのひとつをイアンがあけると、フランチェスカは部屋の中へ足を踏みいれた。またもや魅惑の世界が広がるのかと思ったら、そこは大きく細長いスペースで、天井から床まである背の高い窓が部屋の端から端までずらりと並んでいた。イアンは照明をつけない。その必要はなかった。高層ビル群の灯りと黒い川面に反射する光が、部屋をイルミネーションのように照らしていた。フランチェスカは何も言わずに窓に近づいていく。その隣にイアンが立った。

「生きてる。建物が……とりわけあの一群が」一瞬ののち、フランチェスカはため息のような声で言った。憂いをふくんだ目をイアンに向けると、相手は笑っていた。フランチェスカはばつが悪くなってあわてる。「いえ、そう見えるという意味です。前からそう思っていました。建物ひとつひとつに魂が宿っているんだって。とりわけ夜になると……それが感じられて」

「そうだろう。だからきみの絵を選んだんだ」

「直線が完璧で、写実が正確だからではなく？」震える声でたずねた。

「いいや。そうじゃない」

イアンは無表情になり、フランチェスカは笑顔になった。彼はやっぱりわたしのことを理解してくれていた。そして……わたしの絵に満足していた。

フランチェスカは見事な眺望に目をみはる。「なぜこれを見ろとおっしゃったのか、納得がいきました」興奮に声が震えた。「ここ一年半というもの、建築の授業は何もとっていないんです。美術の授業が忙しくて建築関係の雑誌も読んでいなかった。そうでなかったら注意が向いていたはずです。それでも……やっぱり今日の今日まで見逃していたのはもったいなかった」金と黒のまだら模様を見せてちらちら輝く川。フランチェスカが言っているのは、それに沿って並ぶ、ふたつの際立った建物だった。「あなたはノーブル・エンタープライズを通じて、シカゴの由緒正しい建築を現代に蘇《よみがえ》らせた。サンダスキーの現代版ですね。素晴らしいのひと言です」ゴシック様式の名建築であるサンダスキー・ビルディングと同じ趣が、ノーブル・エンタープライズの建築に見られると、フランチェスカはそう言いたかった。ノーブル・エンタープライズはイアンその人を体現している――大胆で、力強く、エレガント。ゴシック様式の現代版だ。フランチェスカは自分の考えに笑った。

「たいていの人間は気づかない。この眺望を見せられるまではね」

「偉大です」心底そう思って言った。その言葉をどう受けとめたかと、相手の顔をうかがう。イアンの目が高層ビルの灯りを反射してきらきら光っていた。「なぜメディアを通じて大々的に宣伝なさらないんですか?」

「メディアのためにやってることじゃないから。自分の楽しみのためにやっている。ぼくの場合はなんでもそうだ」

フランチェスカは相手の強いまなざしにとらえられ、言い返すことができなかった。それはまたずいぶんと自分本位な発言では? それなのに、腿と腿の繋ぎ目がかっと熱くなるのはなぜ?

「しかし、きみが喜んでくれてうれしいよ。ほかにも見せたいものがある」

「ほかにも?」フランチェスカは固唾《かたず》を呑んだ。

イアンはうなずいただけで、さっさと歩いていく。そのあとについていきながら、フランチェスカは赤くなった頬を見られないで済むのがありがたいと思う。次に通されたのは、ダークな胡桃《くるみ》材の書棚が四方の壁をほぼすべて覆う部屋で、書棚には本がぎっしり詰まっていた。ドアを入ってすぐのところでイアンは立ちどまり、フランチェスカが興味深げに部屋の中を見まわすのを観察している。やがてその目が暖炉の上にかかった絵にとまり、そこに釘付けになった。フランチェスカはその場に凍りついた。茫然自失の態《てい》でふらふら近づいていき、自分の作品を穴のあくほど凝視する。

「これ、ファインスタインから買ったんですか?」ルームメイトのひとり、デイヴィッド・ファインスタインはウィッカーパークに画廊を所有している。いまフランチェスカが目にしているのは、彼が初めて売ったフランチェスカの絵だった。一年半前、都会に引っ越すというのに金に詰まり、部屋をシェアさせてもらうための保証金としてデイヴィに無理やり受け取らせた絵だった。

「そう」声を耳にして初めて、相手が自分のすぐ右後ろにいると気づいた。

「デイヴィはなんにも――」

「リンを通じて購入した。実際の買い手が誰なのか、おそらく画廊のほうではまったくわからないだろう」

フランチェスカは喉にこみあげてきたものを呑みこんで、リンカーン・パーク通りの真ん中をひとりで歩く、絵の中の男をながめる。まだ暗い早朝の時間で、男はこちらに背を向けており、周囲を取り巻く高層ビル群が人間の苦難には関心がないというように、よそよそしいまなざしで彼を見おろしていた。男は何か苦しみをかかえているようだった。前をあけたコートが風で後ろになびき、吹きつける風に背を丸め、両手をジーンズのポケットにつっこんでいる。身体のラインのどこを見ても権力と気品がにじみ出ており、一種、観念したような孤独が、男の中で力と決意に結晶していた。

とても気に入っていた作品だった。人手に渡すのは身を切られるようにつらかったが、部屋を借りるためには仕方なかった。

「〝ひとり歩く猫〟」後ろでイアンが言う。ざらりとした声だった。

自分が絵につけたタイトルをイアンが口にするのを聞いて、フランチェスカは笑顔になり、そっと笑った。「〝ぼくはひとり歩く猫、どこを歩こうが、ぼくにとっては同じこと〟。学部の二年生のときに描いた絵です。そのとき英文学の授業を取っていて、キップリングを勉強したんです。あの一節がなんとなく思い浮かんで……」

絵の中の孤独な男の姿を見つめながら、フランチェスカの声が尻すぼみになっていく。そこでふいに、すぐ後ろに立つイアンに意識が向く。振り返り、微笑みかけたものの、自分の目に涙がにじんでいると気づいてばつが悪くなる。イアンの鼻孔がかすかに広がったのを見て、フランチェスカはあわてて前に向きなおり、頬をぬぐった。イアンの自宅に自分の絵が飾られているのを見て、胸の奥が熱くなっていた。

「そろそろ帰ります」フランチェスカは言った。

相手は何も言わない。フランチェスカの心臓が、太鼓を連打するように鳴りだした。

「それがいい」やっとイアンが口をひらいた。フランチェスカはほっとして――あるいはがっかりして――ため息をつき、ドアのほうを向いた。部屋を出ていくイアンのすらりとした背中を見ながら、そのあとについていく。通路へ出るなり、預かってくれていたジャケットを掲げるイアンに、もごもごと礼を言う。受け取ろうとすると、彼は抵抗した。フランチェスカは息を呑み、イアンに背中を向けて着せてもらう。イアンのこぶしがフランチェスカの肩をこすった。ロングヘアに手を差し入れて、うなじから髪を払われた瞬間、ぞくぞくっと震えそうになるのをがまんする。イアンは優しい手つきでフランチェスカの髪をジャケットの襟口から出し、背中に撫でつけた。今度はこらえられなかった。彼の手に震えが伝わったに違いない。

「めずらしい色だ」イアンはつぶやくように言って、まだ髪を撫でている。フランチェスカの緊張がさらに高まる。

「運転手のジェイコブに言って、家まで送らせるよ」一瞬ののち、イアンが言った。

「いいんです」背中を向けたまま答える自分がマヌケに思えた。動くことができない。

身体が麻痺《まひ》している。全身の細胞が身構えて、ちくちくしていた。「しばらくすると友人が迎えにきてくれることになってるんです」

「じゃあ、絵を描きにここへ通うということでいいかな？」イアンの深みのある声が、右耳のすぐ近くで響いた。フランチェスカは前方にじっと目を凝らしながら、何も見てはいなかった。

「はい」

「月曜日からはじめてもらいたい。リンから、カードキーとエレベーターのパスワードを受け取ってくれ。次に来たときには、必要な道具はすべてそろっているはずだ」

「毎日は通えません。授業がありますし――だいたい午前中はいつも――それと週に数日、七時から閉店までウェイトレスの仕事もあるので」

「来られるときに来ればいい。大事なのは、きみがここに来ることだ」

「はい、そうさせていただきます」緊張する喉からなんとか声をしぼりだす。イアンの手はまだフランチェスカの背中にあった。心臓の鼓動まで伝わっていたらどうしよう？

とにかくここを出よう。いますぐ。これ以上の緊張には耐えられない。

つんのめるようにエレベーターへ向かい、階数ボタンをあわてて押す。もう一度ぐらい触れてくるかと思ったが、それはなかった。エレベーターの光沢のあるドアがすーっとあいた。

「フランチェスカ？」急いで中に入ったフランチェスカに、イアンが呼びかける。

「はい？」フランチェスカは振り返った。

イアンは後ろで手を組んで立っていた。ジャケットの前があいて、シャツをまとった腹部、細い腰、銀色のバックル、そして……その下のすべてがあらわになっている。

「これで経済的にもいくらか安定したわけだから、絵のモデルさがしにシカゴの通りを夜明けにふらふら歩くのはやめてほしい。何があるかわかったものじゃない。危険だ」

びっくりしてフランチェスカの口がぽかんとあいた。イアンが前に踏みだし、エレベーターのドアを閉めようとパネルのボタンを押した。閉まるまぎわ、フランチェスカが最後に見たのは、無表情な顔の中、そこだけ濡れたように光っている青い瞳の、まなざしの強さだった。心臓の鼓動が激しくなり、耳の奥でとどろいている。

数年前、わたしは彼を絵に描いていた——あの人が言いたかったのはそれだ。世間の人々がベッドでぬくぬくと眠っている深夜、暗くひっそりした通りを歩く彼を、わたしが観察していたのを知っていた。こちらは相手が誰だかわかって描いたのではなかったし、彼のほうも自分が観察されていたなどとは知らなくて、絵を見て初めてわかったのかもしれない。それでも間違いない。

イアン・ノーブルはひとり歩く猫。

彼はそれをわたしに知らせたかったのだ。

2

イアン・ノーブルは丸々十日間、なんとか彼女を頭から締めだしていた。ニューヨークへ飛んで二泊し、コンピュータープログラムの買収問題に決着をつけてきた。これでソーシャルネットワークとゲーム・アプリとを連繫させた新たなインターネットビジネスに着手することができる。月に一度は足を運んでいるロンドンのコンドミニアムにも行った。シカゴにいるあいだは、会議や仕事で深夜遅くまでオフィスを出ることができず、ペントハウスに帰ってきたときには、もう室内は暗くひっそりしていた。

けれどもフランチェスカ・アルノを完全に頭から締めだしたというのは正確ではない。いや正直ではないと、水曜の午後にペントハウスにあがるエレベーターの中で、イアンは自分に厳しく認めた。日常の細々としたことをしている折に、ふいに彼女のことが頭の中に閃光のようにひらめき、集中力がとぎれてしまう。家政婦のミセス・ハンソンがいつものように軽いおしゃべりをしていくときに、フランチェスカの一週間の作業の様子を話してくれる。年配の英国人女性がフランチェスカと親しくなって、折々にキッチンでお茶を飲もうと誘っていると聞いてイアンは喜んだ。自分の家でフランチェスカが快適な時間を過ごしているとうれしかったのだが、それからふと、どうしてそんなことが気になるのかと自問する。自分が欲しいのは彼女の絵だけであって、快適な環境で作業ができればそれに越したことはないじゃないか。

完全に無視を決めこむのも失礼ではないかと自分の胸に訊いたこともある。あからさまに避けていると、逆に相手を必要以上に重視していることになるのは間違いなかった。それで、先週木曜日の晩に、キッチンで一息入れないかと誘うつもりで、彼女のアトリエに入っていった。ドアが半びらきになっていたので、ノックをしないで中に入り、わずかのあいだ、そこに立ったまま彼女の作業を観察した。相手は見られているのに気づいていない。

フランチェスカは低い踏み台の上に立っていて、キャンバス右手上方の隅の作業に没頭していた。イアンはまったく音をたてなかったのに、ふいに彼女は振り返り、その場に凍りついた。びっくりして茶色の目を大きく見ひらき、鉛筆の先をキャンバスにくっつけたまま動かない。後頭部に留めたクリップから、ボリュームのあるつやつやした髪の房がこぼれ、なめらかな頬には木炭のしみがついており、いきなり闖入《ちんにゅう》してきた彼に驚いてダークピンクの唇が半びらきになっている。

進捗《しんちょく》状況はどうかと、ていねいな口調で訊きながら、彼女のぴくぴく脈動している喉にも、胸の丸みにも、目を向けないようにした。作業中はスエットのジャケットを脱いで、身体にぴたりとはりつくタンクトップ一枚になっている。以前に感じた以上にその胸は豊かで、細くくびれた腰、ヒップ、子馬のような長い脚と並んで、エロティックな対比をなしていた。

三十秒ほど堅苦しい会話を交わしたところで、イアンは臆病者のように逃げだした。こんなにも彼女を意識してしまうのは、至極当然のことだと、彼は自分に言い聞かせる。結局のところ、フランチェスカ・アルノは信じがたいほどの美貌の持ち主だった。自分のセクシーさにまったく気づいていないところが、イアンにとっては魅力的だった。ひょっとして彼女は穴ぐらのような場所で育ったのだろうか？　そうでなければ、部屋に入っていくなり、男たちがパッと目を輝かせる経験など慣れっこになっていていいはずだった。薔薇《ばら》色に近い絹のような金髪に、ベルベットを思わせる褐色の目。背も高くすらりとしている彼女に、男なら誰でもよだれを垂らしたことだろう。しみひとつない真っ白な肌にダークピンクの唇が官能的で、その上ボディは細身でしなやかとくれば、どんな強い男でも悩殺できるのではないか？

それに対する答えをイアンは持ち合わせていなかったが、よくよく観察したところ、彼女が自分の魅力に気づいていないのは、演技ではないと断言できた。ひょろりと長い脚でティーンエイジャーの少年のように歩き、まったく信じがたい失言をする。

そんな彼女ではあるが、イアンの所蔵する美術品に見とれたり、窓からの絶景に目をみはったり、あるいは、このあいだの夜のように、見られているとも知らずに絵を描く作業に没頭した瞬間、その美しさが全開になるのだった。

見る者を中毒にさせる、あれ以上に抗いがたい美を目にした経験は、過去を振り返っても見つからない。

いま彼はペントハウスのロビーに立っていた。この奥に間違いなく彼女がいる。部屋から物音は何ひとつ聞こえなかったが、イアンにはどういうわけだか、フランチェスカはアトリエで作業をしているとわかった。依然として巨大なキャンバスに向かってスケッチをしているのだろうか？　それを思った瞬間、イアンの頭に彼女の映像がくっきりと迫ってきた。非の打ち所のない美しい顔に緊張を走らせて、作業に没頭しているフランチェスカ。鉛筆を動かす手元と景色をかわるがわるに見つめて、すばやく動く褐色の目。絵を描いているときの彼女は、まるで判事のように厳粛で手強い。そういうとき、彼女の自意識は、きらびやかな才能と、本人は備わっていると知らない、たぐいまれな気品によって雲散霧消している。

彼女はまた、自分に強力なセックスアピールがあることにも気づいていない。いっぽうで彼のほうは、その可能性と威力を痛いほどに感じつつ、彼女の純真さ《ナイヴテ》もわかっている。そういったものが、フランチェスカを包む匂いのように、イアンには嗅《か》ぎとれた――純真さの中に根を張って開花を待つ、力強い性の萌芽。それが放つめくるめく香気に、イアンの足元は危うくなる。

上唇の上に汗がたまってきた。ものの数秒で射精できそうなほどペニスが怒張している。

イアンは眉をよせて腕時計に目を落とし、ポケットから携帯電話を取りだした。ボタンを押しながら通路を歩いていき、自分の寝室へと向かう。ありがたいことに、プライベートな寝室はペントハウスのつきあたりにあって、フランチェスカがアトリエにしている部屋の反対側に位置していた。彼女を頭から追いださないといけない。完全に締めださないといけない。

電話の相手が出た。

「リュシアン。大事な用件が持ちあがったんで、遅れそうだ。五時の約束を五時半にしてもらえないか？」

「わかった。それじゃあ、いまから四十五分後に会おう。覚悟しておけよ。今日は本気モードだ」

イアンは口をゆがめて笑いながら、寝室のドアを後ろ手で閉め、ロックする。「同じく、こちらの剣も今日は血に飢えているようだ。覚悟が必要なのはさてどちらか、楽しみにしてるよ」

リュシアンの笑い声がまだ完全に消えないうちに、イアンは電話を切った。ブリーフケースをしまい、更衣室からフェンシングのユニフォームをひっぱりだし、胸当て、膝下丈のニッカーズ、ジャケットを並べる。それからさっさと裸になり、ブリーフケースから鍵をひとつ取りだした。プライベートな寝室に隣接して大きな更衣室がふたつあり、そのうちのひとつはミセス・ハンソンに――イアン以外の誰にも――出入りを禁じている。

そこは誰にも知られないイアンの秘密の場所だった。

マホガニーの扉をあけ、天井の高い部屋の中へ裸で歩いていく。両側に並ぶ引き出しと棚は、つねにきちんと整頓されていた。右側の引き出しをひとつあけ、必要なものを取りだして、ベッドへ歩いてもどる。

役にも立たない欲望が危険なレベルまで高まっていた。それに気づかなかったのは不覚だった、とイアンは思う。おそらく今週末にはここへ誰か女を呼びこむだろうが、それまでのあいだ、強烈な性の飢えをなだめないといけない。

潤滑剤を手にしぼりだす。勃起は収まっていなかった。ひんやりした潤滑剤をペニスに塗りつけると、快感がさざ波のように全身に広がっていく。ベッドに横になったほうがいいか……いや、立ってしたほうがいい。透明なシリコンでできたチューブを取りあげ、ずっしりと重みを増したペニスをつかむ。自分のサイズに合わせて特注したオナニー・ホールは、シリコンを透明にするよう指定していた。射精の瞬間を見ながら楽しむのが好みだった。メーカーは彼の指示に従って完璧に近いものを仕上げてきたが、ただひとつ余計だったのは、入り口のリングについたダークピンクの色だ。当時はべつに害はないと思ったので、文句はつけなかった。彼の場合、こういう性の玩具は女が得られないときの代用品ではない。山ほどいるスキルに長けた女たちが、呼べばすぐにでも喜んでやってきてフェラチオをしてくれる。何年かそういうことを続けたのち、もっと慎重にならねばならないと、イアンは大事な教訓を得ていた。かつては常時相手にする女が相当の数にのぼったが、いまでは自分の性的嗜好を正確に理解し、見返りの限度もわかっている、ふたりの女をはじめとした数人にしぼっていた。

オナニー・ホールをつかうのは、無味乾燥ではあるが実用的だった。性具《セックス・トイ》なら、事が終わったあとに誰にも借りをつくらなくて済む。

しかし今日ばかりは、膨張したペニスの亀頭がオナニー・ホールのきついピンクのリングを貫通するのを見ただけで、全身が興奮に震えた。腕を曲げて、膨張したペニスを隙間なく包みこむシリコンの鞘《さや》を、根元から数センチ手前までスライドさせる。手をピストンのように動かすと、ペニスの熱が柔らかいシリコンにみるみる伝わっていき、その感触にうっとりする。

ああ、これだ。自分に必要なのはこれだった——睾丸を吸い尽くされるような強烈なオーガズム。すばやいピストン運動に、腹と尻と腿の筋肉が硬直する。動かすたびにホール内に数か所設けられた吸引部がペニスに吸いつき、口で吸われているのと同じ感覚がもたらされる。亀頭部分までホールを引き抜いては、また一気に根元までスライドさせ、ぬらぬらと熱い深みへ勢いよく到達することを、何度も何度も繰りかえす。

いつもならマスターベーションのあいだ、目を閉じて性的妄想にふけるものだが、今日はある理由から、彼の目は、ペニスがピンクのリングを貫通するさまをじっと見ている。シリコンのリングをピンク色のぷっくりした唇に置き換え、褐色の大きな目が自分を見あげている様子を想像する。

フランチェスカの唇。フランチェスカの目。

――純朴な女を誘惑するなんて柄でもない。だいたいそんな時間がどこにあるのか。一度火傷《やけど》していながら、おまえはまだ懲りていないのか？

イアンは日常生活においてはさほど支配的ではないものの、性的には完全なサディストだ。それはもう自分の性向として仕方がないものだと、ずいぶん前から受け入れるようになっていた。人生の孤独街道を歩く自分の運命に、それも似つかわしいと思っている。といって、ひとりになりたいわけではない。彼の場合、孤独を避けられないことがわかっているというだけの話だ。仕事に身を捧げている人間は、そうならざるをえない。人の顔色をうかがっていては成功など望めるはずがなかった。支配欲の権化。そんなレッテルが貼られていた――メディアから、同じ業界の人間から……元妻から。いまではもう、人々の見解が正しいと、自ら認めている。ありがたいことに、孤独にも慣れっこになっていた。

――だがフランチェスカのような女を、自分の支配欲の奴隷にする権利は、おまえにはまったくない。

頭の中で警告の声が響くものの、それもまた心臓の鼓動と興奮のうめきにかき消される。手はペニスをしごきあげるピストン運動を続けていた。

――彼女を快楽の道具にし、あの愛らしい口を思う存分陵辱する。無理やり押さえつけたら、脅えるだろうか？　それとも興奮する？

――その両方か？

考えただけでうめき声が漏れ、腕がびくんと動いた。手がますます速くピストン運動を繰りかえし、全身が硬くつっぱっていく。

柔らかなシリコンを根元まで勢いよくスライドさせると、ペニスがはちきれそうに膨張した。自分の手で達したくはない。しかしその望みは叶えられない。ゆえに、手でよしとしなければならない。

ほんとうなら、長い手脚と金色の髪を持つ美女を拘束し、自分の目の前にひざまずかせ、きつきつの濡れた口中にペニスをぶちこみたい……ほんとうなら、自分がクライマックスに達して射精した瞬間、女の目が興奮の色に染まるのを見たい……。

いきなりオーガズムがやってきた。強い快感が全身を突き抜ける。透明なチューブの中に自分の精液が噴出されるのを見て、イアンは息を呑んだ。二重構造になったチューブの内側がみるみるいっぱいになっていく。一瞬ののち、目をつぶって声を漏らし、引き続きオーガズムにひたる。

どうして週の最初に、これをしておかなかったのか。イアンの快感は、とどまるところを知らなかった。明らかに射精が必要だったのだ。いつものイアンなら性的欲求をないがしろにすることはない。それなのに、どうして禁欲の一週間を過ごしてしまったのか、自分でもわからない。愚かとしか言いようがなかった。

それがもとで自制がきかなくなり、生活全般に支障が出るとしたら、耐えられない。この種の欲求をないがしろにすれば、簡単なことでミスをしでかし、注意散漫から生活全般が破綻する恐れもある。

クライマックスを過ぎたあとのゆるい快感が全身にさざ波のように広がっていき、筋肉が弛緩した。イアンは筒から敏感になったペニスをするりと抜く。剝きだしになった、まだ濡れている生のペニスを手で包み、その場に立ったまま荒い息をつく。

彼女だって、ほかの女と同じだ。

いや、ひょっとしたら違うのか？　イアンがあずかり知らぬところで、フランチェスカは彼を絵の中にとらえていた。それを思うとイアンは落ちつかなくなり、肌の裏側が泡立つような感覚を覚える。仕返しに、自分も彼女をとらえてやりたいとイアンは思う。たぐいまれな才能で人の心の中をのぞきこみ、見てはならぬものを見て、その正体を正確にとらえた。その代償をなんらかの形で彼女に支払わせてやりたかった。

身を切られるような強い欲望のほうは、たとえばこんなふうに、いくらでも自分でコントロールできる。自信に満ちた足どりでバスルームへ歩いていき、シャワーを浴びてからフェンシングのトレーニングにいく準備をする。

着替え終わっても、ペニスが過敏になったままで、勃起も完全には収まっていないのに気づいてため息をつく。

今週末はひとりにしておいてもらいたいと、フランチェスカとミセス・ハンソンに言っておこう。電話を入れておけばいい。この奇妙な欲望をねじ伏せるには、彼がどうすれば喜ぶかを正確にわかっている経験豊富な女が必要だった。

リュシアンは嘘をついてはいなかった。何やらぴりぴりしたムードを全身から発散している。イアンは友人の猛攻撃にたじたじとなり、すばやい突きを必死になってかわしながらも、リュシアンの腕が伸びて隙ができるのを冷静に待っている。いっしょにフェンシングをするようになってもう二年になる。相手の戦い方も、そこに感情がどう影響するかも、イアンはわかるようになっていた。いっぽう、高い技術を備え、巧妙な作戦に出るリュシアンは、イアンの気分が剣さばきにどう影響するかを、まだ理解していなかった。

おそらくそれは、イアンが感情をコントロールし、極めて論理的に反撃するよう心がけているせいだろう。

今夜、リュシアンは爆発寸前のエネルギーに満ち満ちて、いつも以上に手強かったが、それと同時に、いつになく無謀でもあった。イアンは、リュシアンの攻撃フォームのあらゆる有効面《ライン》に勝ちが見えるまで待っている。相手の次の動きを察知し、こちらを完全に仕留めようと繰りだされた一撃を正確にかわす。リュシアンがいらついてうなった瞬間、イアンはすばやい突き返しを行い、突きを決めた。

「読心術をつかったな」リュシアンが悔しげに言う。マスクを乱暴にはぎとった拍子に、長いドレッドヘアが肩に落ちる。イアンもまたマスクをはずした。

「いつも同じ言い訳だな。こっちは論理的に考えて動いているだけだ。わかっているだろう」

「もう一戦」リュシアンが言って剣を握る。灰色の目に獰猛な光が宿っている。

イアンはにやりとする。「相手は誰だ?」

「誰って、何が?」リュシアンが言った。

イアンはそっけない目をリュシアンに向けて、グローブをはずす。「発情したヤギみたいに、きみの血をたぎらせた女だ」女にまったく不自由していないリュシアンが、こうもいらだっているのはどうしたことか、イアンにはわけがわからなかった。

リュシアンの表情がこわばり、さっと目をそむけた。もういっぽうのグローブをはずしていたイアンの手が途中でとまり、驚きに眉を寄せた。「何があった?」

「きみにずっと訊きたいと思っていた」感情を抑えるように、リュシアンがそっと言った。

「だから、なんだ?」

リュシアンはイアンをにらみつける。「ノーブルでは社員どうしの交際を許しているのか?」

「それはポジションによる。契約書に明らかだ。管理職クラスが部下と通じることは許されていない。もし発覚すれば即解雇だ。管理職どうしが交際するのは禁じていないが、できるだけ避けるのが賢明だ。社外での関係がもとで、職場で何か不都合が生じた場合には、管理職どうしであろうと、これもまた解雇の理由になる。それぐらいのことは、とうにわかっていると思ったがね、リュシアン。彼女はフュージョンの人間かい?」

「違う」

「ノーブルの管理職か?」イアンはもういっぽうのグローブと、ジャケットとプロテクターを脱いで、身体にぴたりとフィットするTシャツとニッカーズだけになった。

「さあな。もしノーブルの雇用が……非正規だったら？」

イアンは相手に鋭い目を向けてから、剣を置いてタオルを手に取った。「非正規というと……レストランの支配人も、営業部のマネージャーも当てはまらないが？」意地悪く言う。

リュシアンは口をゆがめ、苦虫を噛《か》みつぶしたような顔になった。「おそらく、ぼくができるだけ早くフュージョンを買い取るのがベストだろう。どちらもそういう問題で悩まなくて済むように」

ふたりがにらみあっていると、トレーニング室のドアをノックする音が響いた。

「なんだ？」イアンは眉をつりあげる。いつもならミセス・ハンソンはトレーニング中に声をかけるような真似はしない。試合でもふだんの練習でも、誰にも邪魔される心配がないことで、イアンは完璧な集中ゾーンに入りやすくなるのだ。

フランチェスカが部屋に入ってきたのを見て、イアンはびっくりしてだまりこんだ。長い髪を後ろでルーズにとめていて、ほつれた髪の束が首筋と頬に垂れている。まったく化粧っ気のない素顔のままで、ぴったりしたジーンズに、もさっとしたパーカーを合わせ、グレーと白のコンビのランニングシューズを履いている。シューズはブランドものではないが、それでもぱっと見ただけで、彼女の格好の中で一番値の張るアイテムであることがイアンにはすぐわかった。パーカーの前あきから、前に見たのとは違うタンクトップの細いストラップが見える。しなやかなボディがぴちぴちのタンクトップをまとっている映像が、イアンの脳にクローズアップで迫ってきた。

「フランチェスカ。ここになんの用だ？」思いがけず鋭い口調になったのは、あまりに鮮明な映像に心が乱れたせいだった。フランチェスカはフェンシング・マットの数歩手前でとまった。官能的なピンク色の唇のせいで、しかめた顔さえセクシーに見える。

「リンが緊急で話したいそうです。携帯にかけてもお出にならないので、ご自宅の電話にかけたと言っています。ミセス・ハンソンはあなたの夕食の材料で足りないものがあるとかで買い物に出ているので、わたしが伝えますと言ったんです」

イアンはうなずき、首に掛けていたタオルで顔の汗をぬぐった。「シャワーを浴びたらすぐかけよう」

「じゃあ、そう言ってきます」フランチェスカがあとずさる格好で部屋を出ていこうとする。

「え？　まだ電話は切れてないのか？」

フランチェスカはうなずいた。

「この部屋を出てすぐの廊下に内線がある。それをつかってすぐにかけ直すと伝えてくれ」

「わかりました」フランチェスカは言い、リュシアンにちょっと微笑んでから、背中を向けた。

イアンはわけもなくいらだった。当然だろう、リュシアンはおまえのように彼女を怒鳴りつけはしなかった――頭の中で声が言う。

「フランチェスカ」

イアンの呼びかけに応えて、フランチェスカがくるりと振り返った。

「リンに伝えたら、またもどってきてくれないか？　一週間ずっとろくに話もできなかった。進捗状況を聞かせてもらえたらと思ってね」

「はい、すぐもどってきます」そう言うと、フランチェスカは大股で部屋を出ていき、ドアがカチリと音をたてて閉まった。

リュシアンはイアンの顔を見て、にやにやしている。「アメリカの南部を訪れたときに、こういう言葉を聞いた……〝背の高いグラスに入った冷たい水〟」

イアンはそこではっとする。「彼女には手を出すな」

唐突に言われてリュシアンはびっくりした。イアンは自分の幼稚な独占欲と、つまらないことを言った恥ずかしさで血がたぎり、まばたきをする。なぜだか胸がざわついて、相手に疑惑の目を向けた。

「待て……きみが言っていたノーブルで働く女っていうのは――」

「フランチェスカじゃない」リュシアンは言い、横目でちらりとイアンを見やってから、冷蔵庫をあけて水のボトルを取りだした。「社内恋愛は御法度《ごはっと》。ぼくへのアドバイスを自分にも適用したほうがよさそうだな」

「ばかなことを言うな」

「じゃあきみは、あれほどゴージャスな生き物に興味はないと？」リュシアンが訊く。

イアンは首からタオルをはぎとった。

「ぼくには雇用契約などない。そういう意味だ」あっさり言い切ることで、この話題はもう終わりだと相手に示す。

「となると、こちらは退散したほうがよさそうだ」リュシアンが皮肉っぽく言う。「月曜日に会おう」

「リュシアン」

振り返った相手にイアンは言う。

「さっきは嚙みつくように言ってすまなかった」

リュシアンは肩をすくめた。「重い責任を背負って、大変なんだよな。そりゃ少々……怒りっぽくもなるさ」

イアンは何も言わず、友が歩みさるのを見守っている。リュシアンがフランチェスカを、〝背の高いグラスに入った冷たい水〟にたとえたことを考え、たしかにそのとおりだと思う。

そして自分は、砂漠で水に飢えている。

出入り口を油断なく見張っていると、フランチェスカがもどってきた。

リュシアンが部屋から出てきて、親しげに手を振って帰っていくのを見て、フランチェスカは残念に思った。設備の整った、だだっ広いトレーニング室のドアが閉まって、イアンとふたりきりになったとたん、部屋の空気がどっと重く感じられた。マットの手前で足をとめると、イアンが言った。

「もっとこちらへ。だいじょうぶ。ピストはランニングシューズであがってもかまわない」

フランチェスカは慎重に相手に近づいていく。イアンの姿を見たとたん、落ちつかなくなった。整った顔立ちはいつものように冷静だったが、下半身にフィットするニッカーズに、シンプルな白のTシャツという格好がたまらなくセクシーだった。あの上にタイトなジャケットを着るのだから、下に着る物もぴっちりしていないといけないのだろう。それにしても、あらわにすぎる。割れた腹筋をはじめ、男らしく引き締まった上体の筋肉の線がくっきり浮きだしていた。

きっと身体を鍛えることを最優先しているに違いない。なんとも美しいボディは、磨き抜かれたマシンのようだった。

「ピスト?」マットの上を歩いて彼に近づきながら、フランチェスカは相手の言葉をおうむがえしにする。

「フェンシングのマットだ」

「ああ、そう呼ぶんですね」テーブルの上に置いてある剣を興味深そうに見つめながら、彼の身体から漂うかすかな匂いに気をとられないようにする。清潔でスパイシーな石鹸の香りに、男の汗の匂いがまじっていた。

「調子はどうかな?」青い目のぎらぎらした輝きにそぐわない、冷静でていねいな口調でイアンが訊いた。この人はどこまで謎めいているのだろう。このあいだの木曜日もそうだった。スケッチをしていてふと振り返ると、じっとこっちを見ていた。終始礼儀正しい態度をとりながらも、射るような視線で胸元をじっと見ているのがわかって、フランチェスカは乳首を硬くしたのだった。それに、ペントハウスに連れてこられた、あの最初の夜。ジャケットを着せてくれたときに、あの手がどんなふうに自分に触れたか……あの絵について、彼が語った言葉も不可解だった。

　この人は、自分が絵に描かれたことを喜んでいる?　それとも怒っている?　ほんの思いつきで決めたと、フランチェスカがそう思っていたタイトルが、じつは彼の本質を見抜いていたと、そう言いたかったのだろうか?　自分は孤独な人生を送っていると、それを伝えたかった?

相手の刺すような視線を一身に受けとめながら、フランチェスカは自分をたしなめる。ばかなことを考えるんじゃない。イアン・ノーブルがわたしなんかに、自分のことを伝えようとするわけがない。単なる絵描きとしか思っていない相手に。

「おかげさまで、忙しいけれど充実した毎日です」フランチェスカは言い、仕事の進捗状況を手短に報告する。「キャンバスの準備はできています。スケッチが終わったので、来週から本格的に描いていくつもりです」

「必要なものは全部そろっているかな？」イアンはフランチェスカの目の前を横切って、冷蔵庫をあけた。男らしい気品にあふれた身ごなし。彼がフェンシングをしているところを見てみたいとフランチェスカは心から思う。優雅な動きの中に、抑制された情熱が感じ取れることだろう。

「はい。必要な材料は全部リンが用意してくれました。ひとつ、ふたつ、追加でお願いしたところ、早くも先週の月曜日に届けてくれて。信じられないほど有能な方です」

「まったくそのとおり。どんな小さなことでも、困ったことがあればためらわず、彼女に相談するといい」そう言って、手首をきゅっと動かして、水の入ったボトルのキャップをねじ開ける。シャツの袖の下で上腕二頭筋が盛りあがって石のように硬くなり、たくましい前腕に血管が数本浮きあがった。「で、きみのスケジュールに無理はないかな？学校、ウェイトレスの仕事、絵を描くこと……それにプライベートなつきあいもあるだろう」

フランチェスカの喉で血管が脈動しはじめる。頭を下げて気づかれないようにし、棚に収まった剣のひとつを真剣に見つめている振りをする。

「プライベートなつきあいというのは、そんなにないので」

「恋人は？」さりげなく訊く。

フランチェスカは首を横に振り、エッチングが施された剣の柄《つか》がしらに指をすべらせた。

「しかし、余暇をともに過ごしたい友人ぐらいはいるだろう？」

「はい」フランチェスカは言って顔を上げた。「ルームメイト三人とは、とても仲がいいんです」

「で、自由な時間に、四人で何をするんだい？」

フランチェスカは肩をすくめ、べつの剣の柄に触れた。「最近では自由な時間はめったにないんですけど、あればふつうは――テレビゲームをしたり、バーで遊んだり、ポーカーをしたり」

「女性四人で、そういうことをするのが〝ふつう〟なのかい？」

「ルームメイトは全員男です」ちらっと目を上げると、イアンの冷静な表情に不快の影がよぎるのがわかった。フランチェスカの心臓がドクンと鳴った。イアンの、黒に近い色のつやつやした短髪が、汗で濡れて首筋にはりついている。一瞬、その髪の生え際に舌を這《は》わせて汗を舐めとることを想像する。すぐにまばたきをして視線をそらした。

「きみは男三人と暮らしているのか?」

フランチェスカはうなずいた。

「ご両親はどう思っていらっしゃる?」

フランチェスカは首をねじって鋭い視線を返した。「ものすごくいやがっています。頭が固いから。でも、もったいないことだと思います。ケイデンも、ジャスティンも、デイヴィも、ほんとうにいい人たちなのに」

イアンは口をひらいて、また閉じた。「そりゃふつうじゃないよ」数秒の間を置いてそう言った。抑制した声の調子から、ほんとうに言おうとした言葉はべつにあると、フランチェスカには察しがついた。

「おそらくそうでしょう。でもあなたの場合、ふつうじゃないことが、いっぱいあるんじゃありませんか? このあいだの夜、異例はしょっちゅうだって、おっしゃいましたよね?」フランチェスカは言って、また剣に注意をもどす。今度は柄を手で包み、ぎゅっと握った。硬く冷たい金属の感触が手に心地良かった。握ったまま手を上下にすべらせてみる。

「よせ」

フランチェスカは相手の口調に驚き、金属で火傷をしたかのように、ぱっと手を離した。顔を上げて、びっくりした目で相手を見る。イアンの鼻孔がかすかにふくらんでいた。目が異様に輝いている。イアンはあごをぐいと上げて、水をごくごく飲んだ。

「フェンシングをしたことは?」ボトルをテーブルの上に置いて、ぶっきらぼうに訊く。

「いいえ。いえ……まったく知らないわけじゃないですが」

「どういうことだ?」フランチェスカに近づいていって、額に皺をよせる。

「フェンシングのゲームソフトをジャスティンやケイデンと……でも、本物の剣に触ったことはありません」おずおずと言った。

イアンの顔から困惑の表情がさっと消え、まぶしい笑顔になった。暗く陰鬱な風景に太陽がのぼってくるのを見るようだった。「ゲームソフトでバーチャルなプレイをする、そういうことかい?」

「そうですけど」わずかに弁解がましく言った。

イアンが棚のほうをあごで指す。「一番端に置いてあるのをこちらへ」

「は?」

「剣を持っておいでと言ってるんだ。きみがプレイしているゲームソフトは、もともとノーブル・エンタープライズがつくったものだ。数年前にシュナッツに売却した。どこまで行った?」

「上級です」

「じゃあ、基礎はわかってるわけだ」そう言ってフランチェスカと目を合わせる。「剣を手にとってごらん」

その口調に、フランチェスカはかすかに挑戦的な響きを感じとった。相手の肉厚な唇には依然として笑みが残っている。また人を笑い物にしようというんだ。フランチェスカは剣を取りあげてイアンをにらみつけた。イアンは歯を見せて笑い、自分の剣を手に取ってから、フランチェスカにマスクを渡し、マットをあごで指した。向きあって立ったとたん、フランチェスカの呼吸が速くなって乱れた。イアンの剣がフランチェスカの握った剣を軽く打って注意を促す。

「構え《アン・ガルド》」イアンがおだやかに言った。

フランチェスカはパニックになって目を大きく見ひらいた。「待って……いますぐはじめるんですか？」

「だめかい？」イアンは言って構える。フランチェスカは自分の剣と相手の無防備な胸に緊張して目を走らせた。「練習用の剣だ。やろうと思っても、それでぼくを傷つけるのは無理だ」

イアンが突いた。フランチェスカは反射的にかわした。イアンの攻撃にぎこちなく後退しながら、次の突きもブロックした。パニックと緊張で朦朧《もうろう》としながらも、イアンの鍛え抜かれた筋肉とバネのような瞬発力を発揮するすらりとしたボディに、フランチェスカはうっとりしないわけにはいかなかった。

「怖がっていちゃだめだ」必死になって防御するフランチェスカに、イアンが教える。相手はなんの苦もなく動いている。まるで夕涼みの散歩でもしているかのような顔で。「ゲームをやったなら、ぼくの動きは頭でわかってるはずだ」

「どうして？」いきなりの攻撃に、金切り声で訊きながら飛びあがってよける。

「ぼくがデザインしたプログラムだからだ。ほら防御が甘いぞ、フランチェスカ」鋭い口調で言うと同時に突く。フランチェスカは甲高い声をあげ、相手の剣を肩先ぎりぎりでブロックした。イアンはまったく退《ひ》くことなく攻撃を続け、フランチェスカを追い詰め、マットの上でじりじりと後退させていく。金属のぶつかる音と、剣が空気を切る音がふたりのまわりに満ちていく。

イアンの攻撃がいっそうスピードを増した――フランチェスカは握った剣の柄から伝わる衝撃で、相手の力も増しているのを察知する――それなのにイアンの表情はいたって穏やかだった。

「オクタヴ（剣先を下げる受けの構え。防御姿勢の一つ）ががら空きだ」ぼそっと言うと、見事な正確さでもって、フランチェスカの右の尻を剣の側面で軽く叩いた。叩くというより触れるといってもいいぐらい軽い衝撃なのに、フランチェスカの尻全体が燃えるように熱くなる。

「もう一戦」イアンが声を張りあげた。

フランチェスカはイアンのあとについてマットの中央に出ていきながら、相手にいとも簡単に負けたことで、頭に血がのぼっていた。剣を触れ合わせるが早いか、イアンに攻撃を仕掛ける。

「打たれてかっとなるのは愚かなことだ」剣を打ち合わせてイアンが言う。

「かっとなんかなってません」歯を嚙みしめて嘘をつく。

「いい選手になれる。非常に力がある。何か運動はしているのかい？」剣を交えてはかわしながら、くだけた口調で話しかけてくる。

「ランニングを」言ったそばから、極めて強い打撃を受け、フランチェスカはびっくりして悲鳴をあげた。

「集中が足りない」

「話しかけるから！」

イアンがくすくす笑ったのを見て、フランチェスカはふくれっ面になる。汗の粒が首筋をすべりおちていく。相手の攻撃をかわすのに、全エネルギーをつかい果たしていた。それなのに、イアンのフェイントにひっかかって、またもや右の尻を叩かれた。

「そこをしっかり防御しないと、お尻が痣《あざ》だらけになるぞ」

フランチェスカの頰が真っ赤になる。打たれた側の尻に手をやりたくなるのを必死にこらえ、背筋を伸ばし、息を整える。相手の目がこっちの肩をじっと見ているのはなぜだろうと思ったら、剣を振りまわすうちに、パーカーがずれて胸元が大きくあいていた。後ろにひっぱって、それを直す。

「もう一戦」努めて冷静に彼女が言うと、イアンは大人しく従った。

フランチェスカは体勢を整えてマットの中央に立ち、相手と向きあった。自分がばかなことをしているのは百も承知だった。相手はプロ級のフェンシングの腕を持っているのに加えて、体力がもっとも充実した男盛り。勝てるわけがなかった。それでも競争心に火がついてしまい、このままでは気が治まらない。フランチェスカはゲームで覚えた動きを思いだそうとする。

「アン・ガルド！」イアンが言い、両者の剣が合わさった。

フランチェスカは、今度は相手に攻撃を任せて防御に徹した。それでもイアンの攻撃はあまりにすばやく、激しかった。近づいてこられると、もうどうにも反撃できない。めちゃめちゃに剣を振りまわして、なんとか近づけないようにする。追い詰められていきながら、フランチェスカの興奮はどんどん募っていく。必死になって戦うものの、ふたりとも、イアンが勝つのはわかっていた。

「待って」ピストのへりまで追いやられたとき、たまりかねてフランチェスカが声をはりあげた。

「負けを認めるんだな」イアンの剣にものすごい力で打ちつけられ、フランチェスカは握っていた剣を落としそうになった。それでもなんとか次の攻撃をブロックした。

「いやよ」

「だったら、考えるんだ」噛みつくようにイアンが言う。

フランチェスカは必死になって、イアンの教えに従おうとした。距離が近すぎて突きは無理だと思い、腕をぐっと伸ばすことで、相手を飛びのかせた。

「やるじゃないか」イアンがぼそっと言う。

それから目にもとまらぬ速さで剣の刃が閃《ひらめ》いた。フランチェスカの肌はまったく金属を感知しなかった。が、手をとめ、目を落としてぎょっとする。タンクトップのストラップが一本、きれいに断ち切られていた。

「練習用の剣だって言ってたのに」ショックに喉を詰まらせてフランチェスカが言う。

「きみの剣がそうだと言った」言うが早いか、イアンはさっと手首を返した。フランチェスカの手から剣が飛んでいき、無駄な音をたててマットの上に落ちた。マスクをはぎとったイアンの顔を見て、フランチェスカは息を呑む。その瞬間、相手の顔がたまらなく恐ろしく見え、走って逃げだしたくなった。

「防備を怠ってはならない。いつなんどきでも。次に同じ過ちを繰りかえしたら、お仕置きだ」

イアンは剣を脇に放りなげ、フランチェスカに手を伸ばす。彼女のマスクをはぎとってマットの上に放りなげると、片手でフランチェスカの後頭部を支えながら、もういっぽうの手で首とあごを押さえ、さっと頭をかがめて彼女の口をふさいだ。

最初、不意打ちに驚いてフランチェスカはショックで硬直していた。それからまもなく、イアンの匂いと味が意識に入りこんできた。イアンはフランチェスカの頭をのけぞらせ、唇のあいだに舌をすべりこませ、とことん味わい尽くそうというつもりだ。舌を突きたてながら内部を探索し、自分のものにしようとしている。

フランチェスカの腿のあいだから熱い液がどっとあふれだす。これまでに味わったことのないキスを受けたのだから、当然の反応だった。イアンはフランチェスカの身体を引きよせ、自分の身体に押しつける。彼はたまらなく熱く、硬い。ああ、神様。この人がわたしに無関心だなんて、何を根拠にそう思ったのだろう？　相手が興奮をたぎらせているのが、手に取るようにわかる。まるで男の欲望の業火に、いきなり放りこまれたようだった。どうする術《すべ》もなく、ひたすら焼かれていく。

フランチェスカはイアンの口の中でうめいた。密着する唇で巧みに愛撫され、相手の思うがままになっている。それではいけないと、自分も舌をすべりこませ、剣を打ち合わせるようにキスに応じる。相手はうめいてさらに身を押しつけてくる。イアンの勃起を丸ごと感じて、フランチェスカは閉じたまぶたの奥で目を白黒させる。大きくて、硬い。フランチェスカの膣がきゅっと縮み、もう何がなんだかわからなくなってくる。ぐいぐい後退させられながらどうすることもできず、これからどうなるのか、まったく予想がつかない。よろめきながら数歩さがるあいだも、イアンはキスをやめない。

背中が壁にぶつかった。フランチェスカの肺から勢いよく飛びだした空気が、相手の貪欲な口に飛びこんだ。壁と男。ともに岩のように硬いふたつの面でサンドイッチにされながら、フランチェスカは無意識のうちに男に身体をこすりつける。硬い筋肉を肌に感じて、屹立《きつりつ》する巨大なペニスを手ですっと撫でた。

イアンが鋭い息を漏らし、口を離す。次に何をするのか、フランチェスカに予測する間も与えず、タンクトップの脇を乱暴に引きずりおろした。すでにストラップは切れている。長い指が、乳房《ちぶさ》上部の丸みをさっとなぞり、ブラのカップをはがして中にすべりこむ。乳首がタンクトップのへりから飛びだし、下ろされたカップが乳房の肉を押しあげ……どうぞ見てくださいと言わんばかりに、相手の目にさらされている。イアンの目が興奮して貪欲な光を放ち、剝きだしの乳房を凝視する。びくんと動いたペニスに下腹部を突かれ、フランチェスカの口からアッと声が漏れた。イアンの鼻孔がふくらみ、ふいに頭が下がった。

濡れた熱い口が乳首の上をすべった瞬間、フランチェスカは喉を引きつらせた。強く吸われた乳首は硬くなって痛み、緊張した腿のあいだから、また新たに熱いものが噴きだした。思わずあえぎ声を漏らす。あうっ……、どうなってしまうの？　膣が耐えがたいほどに収縮し、満たしてほしいとうずきだす。痛い、と声を漏らしたのが聞こえたのだろう、イアンは吸うのをやめ、熱い舌で乳首をいたわるようになぞる。が、それからまた吸いだした。

相手の切羽詰まった欲望に、フランチェスカは興奮する。小さな痛みから引き起こされる快感の嵐。何といっても、自分を欲してやまない、相手の焼けつくような飢えを感じる以上の興奮はなかった。与えてあげたい……そしてもっと興奮させてやりたい。イアンに抱かれながら背を弓なりにのけぞらせ、喉から哀れっぽい声が漏れだすのをフランチェスカはどうすることもできない。ここまで荒々しいキスをする男はいなかった。これほどまでに欲望を剝きだしにしながら、神業のように熟練したスキルで触れてくる男はいなかった。

だから、知らなかった——自分がどれだけ、これを欲していたか。

イアンは彼女の乳房を揉みしだき、手のひらですっぽり包みながら乳首を吸い続けた。フランチェスカの喉から高いあえぎ声が漏れる。イアンが頭を上げた。彼の熱い舌から……極上の快感から、ふいに切り離されてフランチェスカは息を吞む。相手はこちらの顔をじっと見ている。こわばる表情の中、彼の目だけがぎらぎらしていた。相手の胸の内で緊張が高まるのが見えるようだった。この人はいま戦っている。やめるつもりだろうか？　フランチェスカは急に不安になった。わたしが欲しいの？　欲しくないの？

イアンのあいていたほうの手が、フランチェスカのジーンズに包まれた股間をいきなりすっぽり包んだ。手に力がこもる。彼女はどうしようもなくなって、口から哀れっぽい声を漏らした。

「いや、だめだ」かすれ声でイアンが言う。まるでもうひとりの自分と戦っているようだった。黒い髪の頭がふたたびフランチェスカの胸に落ちてきた。「自分のものは、自分の好きなようにする」

パートⅡ 「ばかげているけれど、抗えない」

3

イアン・ノーブルのような男と関わりあいになるのはまずいと、フランチェスカは本能的にわかっていた。謎めいた光を宿すコバルトブルーの瞳。あの瞳で見つめられるたびに、自分の手には負えない相手だと痛感する。だいたい本人も言葉の端々や小さなしぐさから、そういう危険信号を発していたのでは？

それがいま明らかになった——九十キロ近い極上の興奮した肉体が、フランチェスカを壁に押しつけ、まるでこの機会をふいにしたら二度と食事にありつけないとでもいうように、彼女をむさぼっていた。

イアンの手がフランチェスカの乳房を揉みしだき、貪欲な口にほおばる。ふたたび乳首を強く吸い、その部分に甘く鋭い痛みを起こす。フランチェスカの腟を快感が突きあげ、あえいだ瞬間、壁に頭をぶつける。自分の身体がこんな反応を起こすと初めて知った。イアンの手が腿の繋ぎ目を強く押して、うずきを和らげて……いや募らせていく。

「イアン」震える声で言った。

彼は数センチ顔を上げて、彼女の胸をじっと見る。濡れて光る乳首が赤らんでいる。

貪欲な口と、飽くことを知らない舌にむさぼられ、中心部が引き伸ばされて硬くなっているのがわかる。イアンの身体が緊張し、フランチェスカの腹部にペニスがぶつかる。目の前の光景に、男の征服感を満たされてイアンは低くうなった。

「欲しいものをがまんするのは、腑抜けのロボットだ」イアンは声を低くして言い、残忍さを漂わす。生々しい欲望に圧倒されて、彼女は脅えた声を漏らした。イアンのかすかに放心した顔と焼けるような目が、フランチェスカの精神の深い部分を揺り動かす。この男はいったい誰？　イアンがまだ心の内で戦っているのを察知して、フランチェスカの心にかっと火がついた。彼の後頭部に手をまわし、髪を指で梳《す》く。見た目から想像していたとおりの、絹のような感触。どこまでもしなやかで豊かだった。イアンが目を上げて、ちらっと彼女の顔をうかがった。その頭をフランチェスカが自分の胸に押しつける。

「いいのよ、イアン」

彼が鼻孔をふくらませた。「違う。きみは自分の言っていることがわかっていない」

「自分がどう感じているかは、自分が一番よく知っている、そうでしょ？」

つかのま彼は目を閉じた。ふいにふたりのあいだの緊張が解け、イアンはふたたびキスをし、腰を動かし、硬くなったペニスを布の奥にひそむ彼女の柔らかな肉に押しつける。フランチェスカは彼の頭にしがみつき、イアンの海の中へ溺れていく。高まる欲望がつくりだす陶酔のもやの中、遠くから足音が響いた。

「おっと。お取りこみ中だったか……すまない」足音が遠のいていく。

イアンは頭を上げ、フランチェスカを視線で射すくめる。身体の位置をずらして、彼女の剝きだしになった乳房を隠してから、脱げかけていたパーカーをひっぱってそれを覆う。

「ケス・ク・セ(なんだ)?」イアンが鋭い声で言った。自分はしゃべれないフランス語が突然聞こえたので、フランチェスカはわけがわからず、あたりをきょろきょろ見まわした。

足音がとまった。「ジュ・スイ・デゾレ(失礼)。きみの携帯がロッカールームで鳴り続けていた。リンが話したいと言っていたのは、相当重大な用件らしい」

フランス語なまりの声はリュシアンだとわかった。くぐもって聞こえるのは、こちらに背を向けて話しているせいだろう。イアンの目がフランチェスカを威圧する。相手が退く、その瞬間をフランチェスカは察知した。身体は依然として自分に押しつけられていて、硬く興奮しているが、目の中の扉のようなものがぴしゃりと閉められたのがわかった。

「早くに電話をかけておくべきだった。失礼をした。怠慢のひと言だ」イアンは言いながらも、フランチェスカの顔から目を離さない。

足音がまた響いて、ドアが閉まるのがわかった。イアンはフランチェスカを押して、身体を離した。

「イアン？」弱々しい声でフランチェスカが言う。妙な感じだった。筋肉が本来の仕事を忘れてしまったような、まるでイアンの身体があったからこそ、まっすぐ立っていられたような。手を後ろの壁に勢いよくついて、姿勢をまっすぐにしようとすると、イアンが腕を突きだした。彼女の肘をつかんで、安定させたあとで、そっと顔をうかがう。

「フランチェスカ？　だいじょうぶか？」鋭い声で訊いた。

フランチェスカは目をぱちくりさせてうなずいた。まるで怒っているような訊き方だった。

「すまない。してはいけないことだった。そんなつもりはなかった」きっぱりと言った。

「まあ」フランチェスカは呆然として、ばかな受け答えしかできない。めまいがしていた。「つまり、もうこんなことは二度と起こさないということですか？」

イアンは気の抜けたような表情をしている。いったい何を考えているんだろうと、フランチェスカは思う。手をばたつかせて追いすがりたい気分だった。

「きみにまだ訊いていなかった。いっしょに暮らしている男たち――その中の誰かと寝ているのか？　それとも全員と？」

フランチェスカの脳が機能を停止した。

「なんですって？　どうしてそんなことを訊くんです？　もちろん寝てなんかいません。ルームメイトです。友人なんですから」

疑わしげに細められた目が、フランチェスカの顔と胸に落ちる。「そんなことをぼくに信じろと言うのかい？　三人の男と同じ家に住んでいながら、彼らとのあいだに性的関係はまったくないと？」

欲望でぼんやり曇っていたフランチェスカの意識に、怒りがさっと流れこんできた。それが津波のように猛威をふるいだす。人を激怒させるために、わざとこんなことを言っているのだろうか？　だとしたら成功だ。なんと腹立たしい、ろくでなしだろう。あんなことをしたあとで、よくもしゃあしゃあとそんなことが言えたものだわ（あんなことを自分が〝許した〟あとで、と言うべきかもしれない）。

フランチェスカは壁から離れて、彼の数歩手前でとまった。「あなたが訊いたから、わたしは答えた。信じようと信じまいとけっこうです。わたしの性生活はあなたにはなんの関係もない」

そう言って歩みさろうとする。

「フランチェスカ」

足をとめたものの、振り返りはしなかった。怒りといっしょに胸に屈辱がわきだした。相手のゴージャスで気取った顔を見たら、きっとわたしは爆発するだろう。

「悪気はない。ぼくはただ……きみにどのぐらいの経験があるのか知りたかった」

フランチェスカはくるりと振り返り、信じられない気持ちで相手の顔をまじまじと見つめた。「あなたにはそれが大事なんですか？　経験が？」彼の言葉に傷ついた、その痛みが声ににじんでいませんようにと、フランチェスカは願う。

「そうだ」相手はきっぱりと言った。まったく譲歩のない肯定。フランチェスカ、きみみたいに経験の足りない女は問題外だ。ぶざまでマヌケなデブ女は一度かぎりでお役御免と、そういうことか。

イアンは表情をこわばらせて、フランチェスカから顔をそむけた。

「ぼくはきみの考えているような立派な人間じゃない」まるでそう言えば、すべて許されるとでも思っているようだった。

「そう」フランチェスカは精いっぱい冷静に言った。「そのとおりよ。たぶんあなたがまわりに置いているおべっかつかいは誰も言わないでしょうけど、それはべつに自慢するようなことじゃない」

それ以上イアンはひきとめようとはせず、フランチェスカは走るように部屋を出ていった。

キッチンのテーブルの前にふさいだ顔ですわり、フランチェスカはデイヴィがトーストにバターを塗るのを見ている。

「何をそんなにむっつりしてるんだ？　昨日だって機嫌がいいとはいえなかったけど。まだ体調がすぐれないのかい？」昨日は授業が終わったあとに、ペントハウスに絵を描きにいかずに、まっすぐ帰ってきた。デイヴィが言っているのはそのことだった。

「ううん、だいじょうぶ」フランチェスカは笑顔をつくってみせるが、デイヴィは騙されない。

最初のうちフランチェスカは、二日前にトレーニング室でイアンの言った言葉――と、したこと――に面食らい、怒るばかりだったが、そのうち心配が募ってきた。ああいうことが起きたために、大事な仕事を取りあげられたらどうしよう？　〝経験不足〟だから、イアンの中でわたしの価値が下がってしまい、簡単に切り捨てられるのでは？　もし仕事を取りあげられたら、どうやって授業料を払えばいい？　結局のところ、自分はノーブルの正式な社員ではない。契約を結んでいるわけではなく、イアンが厚意で援助をしてくれているだけの話。そう言えば、彼は暴君だという評判があったのでは？

あのキスによって、自分とイアンの関係が変わったであろうことをあれこれ考え、心配と混乱のあまり、昨日は絵を描きにいくことができなかった。

デイヴィがフランチェスカの皿にトーストを放り、ジャムの瓶をすべらせて寄越す。

「ありがとう」フランチェスカは言って、大儀そうにナイフを持ちあげた。

「食べろよ」デイヴィが命じる。「気分がよくなるって」

フランチェスカをはじめ、ケイデンやジャスティンにとってデイヴィは、兄でもあり、友人でもあり、世話焼きの母親でもあった。三人より五歳上で、経営学修士号を取りにノースウェスタン大学にもどってきた際に、みんなと知り合った。同じ授業を取っていたジャスティンとケイデンと出会い、ふたりを中心とする仲間の輪に入った。その仲間の輪の中にフランチェスカもいたのだった。デイヴィは美術史家でもあって、現在ひとつ所有している画廊をチェーン展開しようと考えていた。大学にもどってきたのは、それに必要な準備をするという目的もあった。それでフランチェスカと急速に結びついたのだった。

ジャスティン、ケイデン、デイヴィが学位を取得し、フランチェスカが大学院の試験に通ったあと、デイヴィがシカゴにある部屋にいっしょに住まないかとみんなを誘った。寝室が五つ、バスルームが四つあるテラスハウスで、ウィッカーパーク近隣に暮らす両親から相続したものだったが、ひとりで住むには大きすぎるということだった。そうは言ってもフランチェスカにはわかっていた。デイヴィはそばに仲間を置きたいのだ。とても傷つきやすい人だから、三人がいっしょに暮らしていれば、何かあっても慰めることができると、フランチェスカは思った。デイヴィの両親は、彼がティーンエイジャーのときに同性愛者であることをカミングアウトして以来、彼を遠ざけていた。その両親が、三年前にメキシコ沖で、不慮のボート事故で亡くなったとき、素直に悲しめないデイヴィを、もう許してやってもいいんじゃないかと、三人でやんわりなだめたこともあった。

デイヴィは恋人を欲しがっていたが、彼もまたフランチェスカ同様、ロマンスには恵まれていなかった。苦々しくて、ぱっとしない、まったく期待はずれのデートをしたあとなど、ふたりはたがいのいい慰め役になっていた。

四人はみな仲がよかったが、とりわけフランチェスカとデイヴィは趣味や性格が合い、ジャスティンとケイデンのふたりは、ともに二十代半ばのストレートの男性が持つ強迫観念――実入りのいい仕事、ご機嫌な時間、セクシーな女との頻繁なセックス――にとらわれていることで、馬が合うようだった。

「電話はノーブルから？」デイヴィが訊き、テーブルの上に置いたフランチェスカの携帯電話に意味ありげな視線を送る。しまった、とフランチェスカは思う。いましがた受けた電話に動揺したのを気づかれていた。

「違う」

素っ気ない返事に、デイヴィがフランチェスカの顔にちらっと目を向けた。話してしまえよと言いたげな顔で。フランチェスカはため息をついた。

イアン・ノーブルのトレーニング室であったことは、ケイデンとジャスティンには話していなかった。いまをときめく投資銀行で働く有能なふたりは、ことあるごとにイアン・ノーブルのことをフランチェスカに訊いてくる。彼らがあがめてやまない、実業界のヒーローが、フランチェスカを壁に押しつけて、脚が立たなくなるまでキスやペッティングをしたことを話すわけにはいかない。しかしデイヴィにも話していないのは、この経験に、フランチェスカが丸ごと圧倒されているたしかな証拠だった。

「電話はリン・スーンから。ノーブルの右腕よ」フランチェスカは言って、トーストをひとかじりした。

「それで？」

フランチェスカはトーストを噛んで呑みこんだ。「イアン・ノーブルはわたしの仕事について契約を取り交わすことにしたって、それを伝えるために電話をしてきたの。前金で全額を支払ってくれる。契約の条項は非常に寛大なものだって、彼女が請け合ってたわ。いかなる状況であろうと、ノーブルはわたしの仕事への援助を打ち切ることはないって。たとえ絵が完成しなくても、援助した金を返せとは言わないそうよ」

デイヴィの口がぽかんとあいた。トーストが指先から落ちそうになっている。茶褐色の髪が額に落ち、早朝で血色が悪いせいもあって、二十八歳の男が、その瞬間だけ十八歳に見えた。

「じゃあなんだって、葬儀の連絡を受けたみたいな顔をしてる？　いい知らせじゃないか。何があろうときみが金を受け取れるよう、ノーブルが保証したいって言うんだろ?」

フランチェスカはトーストを皿に置いた。事務的でありながら、温かみのある声でリンが説明した話。それが意味することがようやくわかって、そのとたん食欲がすっかり失せた。「彼はあらゆる人間を自分の支配下に置きたいのよ」苦々しげに言う。

「いったい何を言ってるんだ、フランチェスカ? 彼のアシスタントが言っているのは契約のことだろう。ノーブルから白紙委任状を渡されたも同然じゃないか。わざわざ出向かなくても、金を支払ってもらえる」

フランチェスカは皿をシンクへ運んでいった。

「そうよ」ぼそっと言って水道の蛇口をひねる。「イアン・ノーブルは完全に見透かしてるのよ。そういう条件を出せば、わたしが必ずあそこへ通って、絵を完成させるってね」

デイヴィはテーブルを押して椅子をすべらせ、フランチェスカの顔をさぐるように見た。「わけがわからない。ほんとうは絵を完成させるつもりなどなかった、そういうことか?」

どう答えようか考えているところへ、ジャスティン・メイカーがふらつきながらキッチンへ入ってきた。スエットパンツ一枚の格好で、裸の上半身が朝日を浴びて濡れたように輝き、寝不足のせいで緑の目が腫れぼったくなっている。

「コーヒー、大至急で」かすれ声で言い、戸棚をあけてカップを取りだしている。フランチェスカはデイヴィに懇願するような目を向けた。もうこの話題を続けたくない。それをわかってほしかった。

「昨夜もケイデンと、マクギルの店で閉店まで飲んだくれていたの？」彼らお気に入りの近所のバーの名を出して話題を変え、ジャスティンにミルクを渡してやる。

「違うよ。一時には帰ってきてた。でさ、今度の土曜の夜、マクギルに誰が出ると思う？」ジャスティンがミルクを受けとりながら、フランチェスカに訊く。「ザ・ラン・アラウンド・バンド。みんなで行こうよ。そのあと一晩じゅうポーカーをやるんだ」

「わたしは遠慮しとく。月曜日に出さなくちゃいけない、やっかいな課題があるの。それにあなたやケイデンみたいに、遅寝早起きの生活リズムにはついていけない」フランチェスカは言って、部屋から出ていきかける。

「いいじゃないか、行こうぜ、チェス。きっと楽しいよ。四人そろって出かけるなんて久しぶりだ」デイヴィが言ってフランチェスカを驚かせる。フランチェスカと同様に、彼もまたノースウェスタン大学を出てから、派手な夜遊びは控えるようになっていた。デイヴィが挑戦的に眉をつりあげているのを見て、フランチェスカは彼の真意を察知する。夜遊びでもすれば、ずっと気に病んでいることを全部話すと思っているのだ。

「考えておくわ」フランチェスカは言ってキッチンをあとにした。

しかし考えなかった。イアン・ノーブルに会ったら何を言おうかと、フランチェスカの頭の中はそれでいっぱいだった。

残念ながら、午後にペントハウスに着いたとき、イアンはいなかった。といって、いると思っていたわけではない。いないことのほうがふつうだった。あのキスの件にどう片をつけるか、自分の将来をふくめ、今後の仕事をどうするか、いろいろ思いあぐねながら、フランチェスカはアトリエとしてつかっている部屋に入っていった。

それから五分もしないうちに、彼女は絵筆を猛烈にふるっていた。イアン・ノーブルのことはよくわからない。自分のこともよくわからない。しかし、絵についてははっきりしている。絵を描くのは自分の天職だ。きっちり完成させなければならない。

数時間没頭して描いたあと、創作熱に憑かれていたような状態からようやく抜けだした。高層ビルに日が沈みはじめている。

水を飲もうとキッチンにふらふらと入っていったところ、ミセス・ハンソンがいてボウルの中身をかきまわしていた。イアンの家のキッチンは、どことなく英国のカントリーハウスについているキッチンを思わせる——巨大で、考えつくかぎりのあらゆる調理器具をずらりと揃えていながら、ぬくもりを失っていない。そこにすわってミセス・ハンソンを相手におしゃべりをするのが、フランチェスカは好きだった。「しんとしていたから、来ているなんて思わなかったわ！」人なつっこい老齢の家政婦がびっくりして声をあげた。

「夢中になって描いていました」フランチェスカは言って、巨大なステンレスの冷蔵庫のハンドルに手を伸ばす。自分の家のように自由につかっていいのよと、来た初日からミセス・ハンソンはフランチェスカにしつこく言っていた。初めて冷蔵庫をあけたとき、びっくりして声をあげたのを覚えている。棚の一段に冷えたクラブソーダの瓶がぎっしり並んでいたのだ。陶器の皿にスライスしたライムものっていて、上からラップをかけてあった。「クラブソーダのライム添えがお好きだって、イアンから聞いたものだから。このブランドでよかったかしら」驚く彼女に、ミセス・ハンソンは、そう答えたのだった。

いまでも冷蔵庫の扉をあけるたびに、最初に感じたときと同じ温かいものがフランチェスカの胸に流れこんでくる。イアンが自分の好きな飲み物を覚えていて、絵を描いているときにいつでも飲めるようにしておいてくれた。それがわかったときのうれしさが蘇ってくるのだった。

わたしは甘かった。フランチェスカは自分をたしなめてボトルを取りだす。

「夕食はいかがかしら？」ミセス・ハンソンが訊く。「イアンが帰ってくるまでには、まだ時間があるから、何か手早くつくるわよ」

「いえ、お腹はあまり減ってないんです。でもご親切にありがとうございます」それから少しためらったあと、思いきって訊いてみる。「じゃあ、イアンは街に出ているんですね？　遅くに帰っていらっしゃるんですか？」

「ええ、今朝そう言って出ていったわ。いつも八時半きっかりに夕食をとるの。わたしの料理を食べるときでも、オフィスで食べるときでも同じ。そうやって習慣をつくるのが好きなのね。小さい頃からそうだった」

ミセス・ハンソンがフランチェスカの顔をちらっと見あげた。「すわって、少しおしゃべりでもしましょう。顔色がよくないわ。根《こん》の詰めすぎじゃないかしら。お湯をわかしてあるから、お茶でも飲みましょう」

「いいですね」フランチェスカは言って、アイランドキッチンのシンクの隣に置いてある丸椅子に腰を下ろした。創作意欲をかきたてていたアドレナリンが一気に出ていって、疲れが全身にまわるのがわかる。そもそも、ここ二日、ろくに寝ていなかった。

「イアンはどんな子どもだったんですか？」フランチェスカは訊かずにいられなかった。

「そうねえ、あんなに大人びている子は見たことがなかったわ」ミセス・ハンソンは悲しげに笑う。「とにかくまじめ。小さな頃から頭がよくて。それにちょっと恥ずかしがり屋。ひとたび相手を受け入れると、もうこれ以上はないっていうぐらい、優しくて、誠実で」

まじめくさって、シャイな表情を見せる黒髪のイアン少年が頭に浮かんで、フランチェスカの胸がきゅんとなった。

「本調子じゃないみたいね」家政婦はせわしなく動きまわりながらフランチェスカに言う。熱い湯をふたつのカップに注いでから、銀の大皿にいろいろと並べていく——スコーンふたつ、上品な銀のスプーンとナイフ、ぱりっとした白布のナプキン。豪華な陶器のフィンガーボウルにクロテッド・クリームとジャムをたっぷり盛りつける。ノーブル家では、どんなことでも準備をおろそかにしない。キッチンでの飾らないおしゃべりでもそうだった。「絵のほうは順調に進んでいるのかしら？」

「はい、おかげさまで、とても順調です」フランチェスカがつぶやくように言うと、ミセス・ハンソンが目の前にカップとソーサーを置いてくれた。「どんどん進めていますから、よかったら、あとで見にいらしてください」

「それはぜひ、見せていただきたいわ。スコーンはいかが？　今日はとりわけおいしく焼けたのよ。クリームとジャムをたっぷり塗ったスコーンほど、暗い気分を一気に吹き飛ばしてくれるものはないわ」

フランチェスカは笑って首を振る。「うちの母が聞いたら、死んじゃいます」

「なぜ？」ミセス・ハンソンが訊く。薄青い目を大きく見ひらいて、甘いクリームを自分のスコーンにこってり塗りつけていた手をとめた。

「だって、食べて気分をよくしろっておっしゃるから。七歳のとき以来、情動につき動かされて食べることの害悪を、徹底的に叩きこまれて育ったんです。うちの両親と、半ダースもの児童心理学者から」言ってから、ミセス・ハンソンがびっくりした顔をしているのに気づいて、フランチェスカはさらに言葉をつけたす。「子どものとき、ものすごく太っていたんです」

「まさか！　杖みたいに細いのに」

フランチェスカは肩をすくめた。「親元を離れて大学へ行くようになったら、一、二年で体重ががたっと落ちたんです。ランニングをはじめたせいもあるんでしょうけど。わたしとしては、両親の厳しい目から逃れられてほっとしたのが、一番大きかったと思ってます」

ミセス・ハンソンがなるほどねという顔になる。「体重がご両親との勢力争いをやめたら、身体が脂肪をためる必要もなくなったってことかしら？」

フランチェスカはにやっと笑った。「ミセス・ハンソン、心理学者になれますよ」

家政婦は声をあげて笑った。「もしそうなったら、ストラサム卿やイアンはどうするかしらね？」

お茶を飲んでいたフランチェスカが途中でカップをおろした。「ストラサム卿？」

「イアンのお祖父様であられる、ジェイムズ・ノーブル。ストラサム伯爵よ。わたしは伯爵ご夫妻のもとで三十三年働いたあと、八年前にアメリカにやってきて、以来イアンに仕えているの」

「イアンのお祖父様ですか」フランチェスカは考え深げに言う。「爵位はどなたが継がれるのでしょう?」

「ああ、それはジェラール・シノワという名前の方。ストラサム卿の甥」

「イアンじゃなく?」

ミセス・ハンソンはため息をついて、手にしていたスコーンを皿に置いた。「イアンはストラサム卿の遺産を継承するけれど、爵位はもらえない」

フランチェスカはわけがわからず、額に皺をよせた。英国の習慣はまったく不思議だ。「ノーブル家のご出身なのは、イアンのお母様?　それともお父様ですか?」

ミセス・ハンソンの表情が曇った。「イアンの母親よ。ヘレンは伯爵夫妻のただ一人の子どもなの」

「お母様は……」フランチェスカは気をつかって言葉を濁し、ミセス・ハンソンは悲しげにうなずいた。

「ええ、お亡くなりになりました。とてもお若いときに。悲しい人生だったわ」

「それでイアンのお父様は?」

ミセス・ハンソンはすぐには答えない。沈痛な面持ちだった。「こういうことを話していいものかしら」

フランチェスカは顔を赤らめた。「ええ、おっしゃるとおりです。すみません。詮索するつもりはなかったんです、ただ――」

「ええ、ええ、もちろんそうでしょう」ミセス・ハンソンは安心させるように、カウンターの上に置いたフランチェスカの手をぽんぽん叩く。「ただね、イアンの家族の歴史はずいぶん悲しいものなの。大人になって、あれだけ輝かしい成功を収めたのに。彼の母親は若いときに、非常に反抗的で……気が荒かった。ノーブル夫妻は娘を制御できなかったの」ミセス・ハンソンは意味ありげな目をフランチェスカに向ける。「十代の終わりに家を飛びだして、十年以上行方をくらましていた。死んだのかもしれないって、ご両親は心配していたけれど、その証拠もまったく上がらない。ずっと捜索は続いたの。ストラサムの家にとって、暗い時期でした」当時を思いだしたのか、ミセス・ハンソンの表情に苦悩がよぎる。「旦那様も奥様も、必死になってさがしていたわ」

「想像しかできませんが、お察しします」

ミセス・ハンソンはうなずく。「それはもうほんとうに、大変で、大変で。ようやくヘレンが見つかったあとも、状況はあまり改善されなかった。フランス北部の、あばら屋のようなところで暮らしていて、行方をくらましてから、およそ十一年が経過していたわ。見つかったときには心を病んで別人のようだった。強い妄想でがんじがらめになっていたの。いったい彼女の身に何が起きたのか、誰にも理解できなかった。いまだにわかっていないらしいの。それでそこに、イアンがいて——十歳なのに、九十歳にも見えるやつれ方で」

ミセス・ハンソンは切なさに喉を詰まらせた。フランチェスカはあわてて椅子から立ちあがる。

「ごめんなさい。つらいことを思いださせてしまって」イアンについてもっと知りたい気持ちと、親切な家政婦の心痛を慮《おもんぱか》る気持ちが、フランチェスカの中で渦を巻いている。ティッシュペーパーの箱を見つけて、ミセス・ハンソンに渡した。

「いいのよ。年寄りはしょうがないわね」ミセス・ハンソンはつぶやくように言ってティッシュを一枚ひっぱりだした。「ノーブル家の人間は単なる雇い主じゃないかと、他人《ひと》様はそう言うでしょうが、わたしにとっては家族も同然。かけがえのない家族なのよ」そう言って、鼻をぐすぐすさせながら、頬をティッシュでぬぐった。

「ミセス・ハンソン。どうした？」

男性の厳しい声にフランチェスカは飛びあがり、さっと振り向いた。イアンがキッチンの出入り口に立っていた。

ミセス・ハンソンは後ろめたい様子で目をきょときょとさせた。「イアン、ずいぶん早いおもどりね」

「だいじょうぶか？」心配で顔が緊張している。フランチェスカは気づいた。ノーブル家は自分の家族同然だとミセス・ハンソンが言ったが、ノーブル家の人間も同じ思いなのだろう。

「だいじょうぶですよ。わたしのことはどうかお気になさらずに」そう言うと、なんでもないというように笑い、ティッシュを放りなげた。「ほら、年をとると涙もろくなるでしょ」

「涙もろい場面になど、一度もお目にかかったことはないが」イアンが言って、ミセス・ハンソンから、フランチェスカに目を移す。

「ちょっと話をしたいんだが、書斎に来てもらってもいいかな？」イアンが訊いた。

「はい」フランチェスカはあごをぐっと持ちあげ、相手の鋭いまなざしにひるまないようにする。

一分後、フランチェスカはドアの閉まる音を聞いて、不安そうに振り返った。書斎のずっしりした胡桃材のドアをイアンが後ろ手に閉めていた。肉食獣のように無駄のないなめらかな足どりで、悠々とこちらへ近づいてくる。なんだって自分は、洗練と抑制のかたまりのようなこの男を、いつも獣と重ねてしまうのだろう？

「ミセス・ハンソンに何を言った？」そう来ることは予想していたが、相手の口調に責めるような響きがかすかにあるのを感じとって、フランチェスカはむっとする。

「何も言ってません！　ただふたりで……話していただけです」

刺すような目でにらまれた。「ぼくの家族のことを話していた」

ほっとして、思わずため息が出そうになった。最後の部分しか聞かれていない。ミセス・ハンソンが彼の母親の秘密を明かしたことは知らないのだ。それに彼自身についても。ああいった事情をミセス・ハンソンがうっかり漏らしたと知ったら、こんなに落ちついていられるはずがない。

「はい」フランチェスカは言い、背筋を伸ばして相手の視線をまっすぐ受けとめる。それだけで、かなりの力を消耗した。いつもは天使のように無垢なイアンの目が、いまは復讐の天使の目になっている。胸の下で腕を組んで言う。「あなたのお祖父様やお祖母様のことを、わたしが訊いたんです」

「それでどうして彼女が泣くんだね？」声に皮肉がこもっている。

「何を思って泣かれたのか、詳しいことはわたしにはわかりません」噛みつくように言ってやる。「詮索なんかしていませんから。おたがい礼儀正しく、おしゃべりをしていただけ。あなたもたまに、やってみるといいんじゃないかしら」

「ぼくの家族のことを知りたいなら、ぼくに直接訊いてもらいたい」

「ああそうでした、きっとなんでも詳しく話してくださいますものね」皮肉たっぷりに反撃する。

イアンの頬で筋肉がぴくりと引きつった。つやつやした大きなデスクの前へさっと歩いていって、小さな馬の銅像をとりあげ、それをもてあそんでいる。フランチェスカはいらだちながらも緊張した。わたしを両手で絞め殺す以外に、あの手を何につかおうというのだろう。こちらに背を向けているのをいいことに、フランチェスカは初めて彼をじっくり観察した。非の打ち所のないカットのスラックスに、白いワイシャツ。ネクタイの色は瞳とマッチするブルー。オフィスではつねにスーツ姿だから、上着はどこかで脱いだのだろう。糊のきいたシャツは広い肩に完璧にフィットし、スラックスに覆われた細い腰と長い脚はエレガントに引き締まって、男らしさが匂いたっている。なんと美しい雄の獣だろうと悔しくなる。

「今朝きみに連絡をしたとリンが言っていた」いきなり話題が変わったのに面食らった。

「はい。そのことで、こちらからもお話ししたいと思っていました」フランチェスカの中で、心配が怒りにとってかわる。

「今日は描いたんだな」イアンが言う。確認ではなく断定の口調だった。

フランチェスカはびっくりして目をぱちくりさせる。「はい。でもどうして……ご存じなんですか？」帰ってくるなり、まっすぐキッチンに入ってきたものと思っていた。

「右手の人差し指に絵の具がついている」

フランチェスカは右手に目を落とした。いまのいままで相手がちらりとでも、そこに目を向けたという記憶がない。この人は頭の後ろにも目がついているの？

「ええ、描いていました」

「水曜日のことがあって、きみはもうもどってこないんじゃないかと思った」

「いいえ。でもあなたがリンに電話をさせて、わたしをお金で買ったからじゃありません。そんな必要はなかった」

イアンが振り返った。「ぼくは必要だと思う。金のことで不安になり、学位が取得できるかどうか、やきもきしないで済むように」

「それだけじゃない――お金を払ってくれるとわかれば、何があろうと、わたしが絵を完成させるって、あなたはそう思ったんです」

イアンはまばたきをし、意外にもかすかに恥じ入ってみせた。

「操られるのはいやです」

「きみを操ろうなんて思っちゃいない。ぼくが自制心を失ったばかりに、きみが当然手にするべきチャンスをふいにさせたくなかった、それだけだ。トレーニング室で起きたことに、きみが責任をとる必要はない」

「ペッティング」顔を赤らめてつぶやいた。「あれが、そんな大それたエチケット違反にあたるとは思いませんが」

「ほんとうはペッティングだけじゃ満足できなかったんだよ、フランチェスカ」

「イアン、あなたはわたしを好き？」はずみで訊いてしまい、フランチェスカは目を大きく見ひらいた。ここ数日、ずっと頭から離れなかった疑問をうっかり漏らしてしまったことに、自分でも驚いていた。

「ぼくがきみを好きかって？　ぼくはきみとファックしたい。めちゃくちゃに。そう言えば答えになるかな？」

それに続く沈黙は、フランチェスカの肺を押しつぶしそうなほどに重かった。ふたりを隔てる空間に、イアンの淫《みだ》らな言葉がいつまでも漂っているようだった。

「どうして自制心を失うのが心配なんですか？　わたしは十二歳の子どもじゃありません」ようやくそれだけ言えた。相手の視線が下りてきて、ますます顔が熱くなる。

「なるほど。しかし実際はそれに近い」まるでお話にならないという口調で言われ、フランチェスカの胸に屈辱が押しよせる。熱烈から冷酷へ、どうしてこの人は、こうもたやすく切り替えられるのだろう？　首をかしげながらもフランチェスカは激怒している。

イアンはぶらぶらとデスクをまわりこんで、しなやかな革の椅子に腰を下ろした。「もう行っていいよ――ほかに何もなければ」そう言って、フランチェスカに礼儀正しい目を向ける。

「お金は絵ができあがってからいただきます。事前にではなく」精いっぱい怒りを抑えたものの、声が震えた。

イアンはなるほどとうなずき、フランチェスカの申し出について考えているようだった。「じゃあ、できあがるまで、金に手をつけなければいい。すでに全額、きみの口座に振りこんであるんだ」

フランチェスカの口がぽかんとあいた。「どうやってわたしの口座番号を？」

イアンは答えず、かすかに眉をつりあげただけで、まったく感情を表に出さない。

喉の奥から焼けるような悪態が飛びだしそうになるのを、かろうじてこらえる。横柄だからといって――金に寛大すぎるからといって――自分の後援者をぼろくそになじるわけにはいかず、何も言うことができなかった。激しすぎる怒りに脳がショートしている。相手に背を向けて、フランチェスカは部屋を出ていく。

「そうだ、フランチェスカ」後ろから穏やかな声で呼ばれた。

「なんでしょう？」言って振り返る。

「土曜日の夜は、ここで仕事はできないものと思ってほしい。ぼくのほうの、お楽しみが入っているんでね。プライバシーが欲しい」

胃の中に鉛のボールが落ちてきたような気分だった。週末はここに女を呼ぶと言っているのだ。フランチェスカには、なぜだかそれがわかる。

「まったく問題ありません。土曜の夜は、仲間たちと気晴らしに出るつもりなんです。

ここにずっといると、なんだか息が詰まってきて」

背中を向ける直前に、彼の目で何かが光ったような気がしたが、例によって表情は読みとれなかった。


デイヴィはジャスティンの車を運転しながら、土曜の夜の混雑するウィッカーパークを着実に抜けていく。ジャスティンはマクギルの店で丸々二時間、ザ・ラン・アラウンド・バンドのライブを楽しんだあとで、ほろ酔い気分になっていた。その点ではケイデンとフランチェスカも例外ではない。

それだから、ばかなことを考えついたのだ。

「いいじゃないか、フランチェスカ」ケイデン・ジョイナーが後部座席からせっつく。

「みんなでやってもらおう」

「デイヴィ、あなたまで？」フランチェスカは助手席から声をかけた。

デイヴィは肩をすくめる。「ちょうど上腕二頭筋に入れたいって、ずっと思ってたんだ――昔ながらの図案で、ほら、錨《いかり》やなんかの」そう言うとにやっと笑って、ノース・アベニューを曲がって脇道に入った。

「きっとそれで海賊を釣ろうと思ってるんだ」ジャスティンが冗談を飛ばす。

「やっぱりわたしは、自分でデザインする時間ができるまで、やめておく」フランチェスカがきっぱり言った。

「興ざめだね」ジャスティンが大声で責める。「あらかじめ計画をたててタトゥーを入れにいって何が面白い？　朝起きてみたら、思いっきり淫らなもんがくっついてて、いったいどこでこんなものをと、びっくりするのがいいんじゃないか」

「それはタトゥーのことか、それとも家にひっぱりこんだ女のことか？」ケイデンが訊く。

フランチェスカは笑い転げながらも、バッグの中で携帯電話が鳴っているのにかろうじて気づいた。仲間たちは大はしゃぎで、うるさいといったらない。携帯の画面には、知らない番号が表示されていた。

「もしもし？」なんとか笑いをひっこめて、電話に出る。

「フランチェスカ？」

口から上機嫌がとろけ落ちた。

「イアン？」信じられない気持ちで訊く。

「そうだ」

ジャスティンが後部座席から何か大声で言い、ケイデンが大笑いする。「お楽しみのところを邪魔したかな？」格調高いブリティッシュ・アクセントは、仲間の野卑な言葉のやりとりと対極を成している。

「いいえ。友人たちと外出しているだけです。ご用件は?」思った以上に無愛想な口調の自分に驚く。

ケイデンがフランチェスカをひやかし、それにデイヴィも加わってくる。「ちょっと……静かにしてよ」フランチェスカは声をひそめて言うものの、あっさり無視された。

「それが、ずっと考えていたんだが……」イアンが切りだした。

「違う! 左へ曲がるんだって」ジャスティンが大声で怒鳴った。「バートの〈ドラゴン・サインズ〉はノース・パウリナ通りにあるんだ」

デイヴィがいきなりブレーキを踏んだ。フランチェスカは息を呑み、つんのめってシートベルトに叩きつけられる。

「何ておっしゃったんですか?」フランチェスカは電話に向かって言った。デイヴィがいきなり方向を変えたために頭がガクガクしていたが、それ以上にイアンが電話をかけてきたという事実に面食らっていた。

「フランチェスカ、酔っているのか?」

「いいえ」冷ややかに言った。非難がましい口調で、いったい何様のつもりだろう?

「運転はしてないだろうね?」

「していません。運転はデイヴィで、彼も酔ってはいません」

「誰だい、チェス?」ジャスティンが後部座席から訊いた。「父親?」

フランチェスカの喉から大きな笑い声が飛びだした。無理もない。ジャスティンの推測がはまりすぎていた。聖人ぶった物言いはまさに保護者の口調だった。

「そのゴージャスな尻にタトゥーを入れにいくなんてことは、言っちゃだめだぞ！」ケイデンが大声で言う。

フランチェスカは内心でひるみ、弱々しく笑った。友人のジョークをイアンに聞かれたと思い、恥ずかしさが胸に押しよせる。これでは未熟ゆえに、ばかげたことをしでかそうとしていると、相手に証明しているようなものだった。

「きみは、タトゥーなど入れるつもりはないな」イアンが言った。

フランチェスカの口元から笑いが消えていく。確認というより命令の口調だった。

「入れるわ。当然でしょ」噛みつくように言ってやる。「お言葉ですが、あなたに生き方を指図されるいわれはありません。わたしが同意したのは、あなたのために絵を描くことであって、奴隷になることじゃない」

ケイデン、デイヴィ、ジャスティンがふいにだまりこんだ。

「酔っぱらってるんだな。その場の思いつきでそんなことをすれば、明日になって後悔する」冷静な声に、怒りがかすかににじんでいる。

「どうしてそんなことがわかるんです？」

「ぼくにはわかる」

簡潔で落ちついた答えに、一瞬、相手の言うことはもっともだと納得しそうになったものの、それからすぐ、いらだちが全身を突き抜けた。今夜ずっと、忘れようとしてきた——ファックしたいという彼の言葉を脳裏から消し去ろうとしていた——のに、向こうから電話をかけてきて、偉そうに物を言われたことで、すべてが台無しになった。

「いったい何の用で、かけてきたんです？　用がないなら失礼します、これからお尻に海賊のタトゥーを入れにいくので」仲間の会話の中から、適当な言葉を拾ってぶつけてやった。

「フランチェスカ、やめろ——」

フランチェスカは携帯電話の画面を指で軽く叩いた。

「チェス、まさか——」

「そのまさかだ」ケイデンが口を挟む。びっくりすると同時に、感心するような声だった。「イアン・ノーブルをどやしつけて、電話を叩き切った」

「ほんとうにいいのか、チェス？」フランチェスカがタトゥーの図柄を絵筆に決めたところで、デイヴィが訊いた。

「うん……いい」横柄なイアンに対し、ぎらぎら燃えていた挑戦意欲が、ここに来て急にちかちか点滅しだした。

「もちろん、彼女はやるさ。そら、景気づけに一杯やれよ」ジャスティンが如才なく言い、エッチングを施した銀のボトルをフランチェスカに差しだす。

「チェス――」デイヴィが心配して声をかけるのを尻目に、フランチェスカはボトルを受け取った。ウィスキーが喉をすべりおりていく感触に顔をしかめる。強い酒は嫌いだった。

「施術前に、酔っぱらってもらいたくない。出血が増える」あごひげを生やした、ぼさぼさ頭のタトゥー職人が四人の立っている部屋に出てきて、ぶっきらぼうに言った。

「えっ、それなら――」フランチェスカは逃げ道を見つけて飛びついた。

「弱虫になるな」ジャスティンが言う。「バートは、酒の一杯や二杯ひっかけたぐらいで、客を追い払ったりしない。そうだよな、バート。職業倫理には厳しいが、現金を握らせれば、そんなものはすぐに忘れる」

タトゥー職人はジャスティンをにらみつけ、ジャスティンもにらみかえす。

「ジーンズをおろして、台の上に横になってくれ」バートが噛みつくように言った。

フランチェスカはジーンズのボタンをはずしだし、デイヴィ、ジャスティン、ケイデン、バートがじっと見守るなか、お腹を下にして台の上に寝た。

「よし、俺が手伝ってやろう！」フランチェスカが右の尻をあらわにしようとジーンズとパンティをおろしだしたのを見て、ケイデンが熱っぽく手を挙げた。デイヴィがその腕をつかみ、眉をひそめてやめろと制する。ケイデンは肩をすくめ、弱々しく笑った。

数秒後、バートがぶっきらぼうに言って前へ進み出た。「ここでいいんだな？」と、肌に触れられたとたん、嫌悪感で背筋が震えた。

「ほら、お尻の上のゴージャスなくぼみ。そのひとつが絵筆をひたす壺になるよ」

興奮をこらえるようなジャスティンの口調に、フランチェスカははっとする。横目でうかがってみると、片方だけあらわになった尻を、ジャスティンが男の欲望を剝きだしにして見つめていた。

「もういっぽうも出したほうが、全体像がはっきりしていいんじゃないかな」ケイデンが提案する。

「やめてよ、ふたりとも」フランチェスカが言う。ジャスティンとケイデンにそういう目で見られるのは、いやだった。針の飛びだした筒を手にバートが近づいてくると、フランチェスカの心は千々に乱れた。バートの爪が汚いのに気づき、針におびえる。胃の中でウィスキーがわきたっているようだった。

「待って。やっぱりちょっと」しびれた舌で言い、めまいに襲われそうになるのを、ぎゅっと目をつぶってこらえる。

「思い切れよ、チェス。おい……何する――」

ケイデンのびっくりした声を聞いて、フランチェスカの頭が跳ねあがり、その拍子に落ちてきた髪で、目の前が見えなくなった。自分の身体に触れていたバートの手がいきなりびくんと動き、誰かに腕をつかまれているらしいのがわかる。

「いますぐ彼女から手を離せ。でないと、この街で二度と生きていけないようにしてやる。仕事もできないようにな」ジーンズを押さえていたバートの手が緩んだ。「フランチェスカ、起きろ」

イアンの短い指示に、フランチェスカははじかれたように従った。台から下りて、ジーンズをひっぱりあげながら、激怒してこわばったイアンの表情を、まったく信じられない気持ちであっけにとられてながめている。

「ここで何をしているの？」

イアンは答えず、相変わらず強い視線でバートを射すくめている。フランチェスカがジーンズのボタンを留め終わると、手を突きだして彼女の前腕をつかみ、引きずるようにして店から出ていこうとする。途中、呆然と立ち尽くす、デイヴィ、ケイデン、ジャスティンの前でイアンがとまる。三人の前に、ふいに暗く不気味な塔がそそり立ったようだった。

「きみたちは彼女の友人か？」イアンが訊く。

デイヴィが青い顔でうなずいた。

「恥を知るべきだな」

ジャスティンがわれにかえり、何か反論しようと前へ進み出たものの、デイヴィにとめられた。

「やめろ、ジャスティン。彼の言うとおりだ」デイヴィが神妙になって言う。

ジャスティンの顔が煉瓦のように真っ赤になり、だまっていられないという感じになったが、今度はフランチェスカが彼をとめた。「いいのよ、あなたたちが悪いんじゃない」張り詰めた声でジャスティンをなだめてから、フランチェスカはイアンのあとについて店の外に出た。手をがっちり握られていた。

樹木の並ぶ暗い通りへ出てからずっと、イアンの長い脚に苦労してついていった。酔っぱらっているとは思えないのに、手を離せとバートを怒鳴りつけた、彼の威圧的な声を耳にした瞬間から、世界が非現実的な膜で覆われているように感じるのはどうしてだろう？

「いったい、なんの真似ですか？」息を切らし、小走りになって隣に並ぶ。

「また防備を怠ったな、フランチェスカ」イアンは口をきっと結んで怒りをぶつける。

「なんのこと？」

歩道の途中でイアンはいきなり足をとめ、フランチェスカを抱きよせ、身をかたむけて乱暴なキスをした。いや、いまのは優しいキス？　イアンのキスは、どうしてこんなにとらえどころがないの？

フランチェスカは彼の口の中にうめき声を漏らし、一瞬硬直したものの、すぐに相手のすらりとした身体に自分の身体を密着させた。彼の味と匂いが欲望の津波のようにフランチェスカを襲う。乳首がつままれたように硬くなった。まるでその部分の敏感な肌が、彼の味を覚えて喜びにうち震えているようだった。イアンがフランチェスカから口を離す。どうしてそんなに早く――こっちは、こんなに熱く興奮しているというのに。

驚いた。わたしは彼を欲している。その火を見るより明らかな事実に、いまこの瞬間ようやくフランチェスカは気づいた。イアンのような男が自分に性的関心を持つなどとは思いもよらない。だから、彼を欲する気持ちを安易に外に出さないようにしていたのだ。

フランチェスカを見おろすイアンの顔は影になっており、遠くに見える街の灯を反射して、目だけが濡れたように光っていた。その身体から、怒りと欲望が同じ量だけ発散されているのがわかる。

「無免許の汚らしい男の手で、肌に針を刺させる。よくもそんなことを考えられるな。だいたい、部屋じゅうの男たちがよだれを垂らして見守るなかで、尻をさらすなんて、いったいきみはどこまでばかなんだ？」がみがみと叱った。

フランチェスカは息を呑んだ。「よだれを垂らすなんて……彼らは友だちです」言ってから、彼の言ったことを細部まで考える。「バートは無免許？　ちょっと待って……

そもそも、どうしてわたしの居場所がわかったんですか？」

「きみの友人がタトゥー・パーラーの名前を極めて明瞭に怒鳴っていた。電話をしているときにね」痛烈な口調で言うと、一歩あとずさった。フランチェスカの肌が彼のいない寂しさに震える。

「そうだった」フランチェスカは思いだして納得する。イアンは草地を横切って縁石へ移ると、流線型のボディが美しい、見るからに高価な暗色のセダンのドアを勢いよくあけた。

フランチェスカは警戒の目で相手を見た。「どこへ行くんですか？」

「乗るんなら、ペントハウスに」簡潔な答え。

フランチェスカの心臓がドラムソロをはじめた。「どうして？」

「さっきも言ったように、きみは防備を怠った。次に同じ失敗をしたら、ぼくがどうするか、警告しておいたはずだ。忘れたのか？」

影になった相手の顔で細められた目がきらっと光り、フランチェスカの意識はその目に焦点を合わせた。ほかの何も見えなくなり、心臓の激しい鼓動が鼓膜を破りそうになる。

――防備を怠ってはならない。いつなんどきでも。次に同じ過ちを繰りかえしたら、お仕置きだ。

腿のあいだから熱い液がほとばしった。嘘……彼は冗談を言っているのだ。ここから走って逃げて、酔っぱらった仲間たちのばか騒ぎの場にもどりたいと、そんなあり得ない考えが一瞬頭をよぎる。

「乗るか、それともやめるか」声がさっきより柔らかくなった。「ぼくは、きみが同じ失敗を繰りかえしたらどうなるか、それを一度教えておきたいだけだ」

「お仕置きをするとおっしゃるんですか？」震える声で訊いた。「たとえば……お尻を叩くとか？」自分の口にしている言葉が信じられなかった。それに相手がうなずいたのも、信じられなかった。

「そう。きみの罰には、当然それもふくまれるだろう。そういうことが初めてじゃないというなら、もっとレベルを上げてやってもいい。ちゃんと痛みを感じられるように。ただしぼくは、きみが耐えられる痛みしか与えない。つまり、傷つけたり、跡が残るようなことは決してしないということだ。きみみたいな女性にそんなことをしたらもったいない。この点に関しては、ぼくを信じてもらってかまわない」

フランチェスカは遠くに見えるタトゥー・パーラーの明かりをちらっと見やってから、またイアンに視線をもどした。

ばかげているけれど、抗えない。

フランチェスカが助手席にすわると、イアンは無言でドアを閉めた。

4

エレベーターのドアが音もなくあいて、フランチェスカはイアンのあとについてペントハウスに足を踏みいれた。胸の中で不安と興奮が半々にたぎっている。

「ぼくの寝室へ」イアンが言った。

ぼくの寝室。その言葉がフランチェスカの頭蓋《とうがい》にわんわんと反響する。巨大なペントハウスだが、そういえばこのエリアにはまだ足を踏みいれたことがなかったと、しびれた頭で考える。まるでいたずらの現場を見つかった女子生徒みたいな気分で、彼のあとについて歩いていく。その先に何が待っているか、はっきりとはわからない。それでも何やら強い予感があって、このラインを踏み越えてイアンのプライベートな空間に入りこんだが最後、自分の人生が永遠に変わるような気がした。イアンも同じことを感じているようで、木材に精緻な彫刻を施したドアの前で足をとめた。

「こういうことは、初めてなんだね？」イアンが訊く。

「はい」フランチェスカは認めながら、頬が赤くなりませんようにと胸の内で祈る。ともに声をひそめて話していた。「それでもいいんですか？」

「最初はまずいと思った。ぼくはきみが欲しくてたまらないが、純真なきみを見ていて、これは手を出しちゃいけないと、自分に言い聞かせていた」イアンの言葉に、フランチェスカは伏し目がちになる。「きみはほんとうに、こうしたいと思っているのかい、フランチェスカ？」

「なんでも」

「その前にひとつだけ、聞かせてください」

「今日電話をしてきたとき……車にいるときにかけてくださったでしょ？　何のご用があったのか、まだ聞いていません」

「知りたいのかい？」

フランチェスカはうなずいた。

「このペントハウスにひとりでいたんだが、仕事も何も手につかない」

「お楽しみの予定が入っているって、そうおっしゃっていました」

「ああ、言った。しかしそっちへ気を持っていこうとしても、もうきみのことが気になって気になって頭から離れない。誰もきみのかわりにはなれない」

フランチェスカの呼吸が乱れ、意識して息を吸う。イアンがここまで正直に自分の気持ちをさらけだしたことが、ある種ショックだった。

「それで、アトリエに行って、きみが昨日描いた絵を見た。素晴らしかったよ、フランチェスカ。あれを見たらもう、どうしてもきみに会わなきゃ気が済まなくなった」

その言葉がどれだけうれしく胸に響いたか、知られたくなくて顔をさらに伏せる。

「わかりました。心は決まっています」

ためらっていたイアンが、ようやく手を伸ばしてドアノブをひねった。ドアがひらいた。入るようイアンが手で示すのを見て、フランチェスカは緊張しながら中へ入った。

イアンがコントロールパネルに触れると、数か所に取りつけられた間接照明が金色の柔らかな光をにじませた。

美しい部屋だった——落ちついていて趣味がよく、何より贅沢だ。フランチェスカのすぐ前に暖炉があって、そこにすわってくつろげるよう、ソファと、椅子が数脚並べてあった。目が覚めるような赤いカラーのフラワーアレンジメントが、明朝時代の磁器と一目でわかる巨大な花瓶に収まって、ソファの後ろのテーブルに置いてある。暖炉の上にはポピーの花畑を描いた印象派の絵が一枚——おそらくモネの描いたオリジナル。信じられない。フランチェスカの目が右に動き、彫刻を施した巨大な四柱式のベッドに吸いよせられる。これもまた部屋全体の色調に合わせて、深みのあるブラウン、アイボリー、ダークレッドの三色で統一されていた。

「荘園領主の私室みたい」フランチェスカは独り言のように言って、おずおずと笑った。

イアンがまたべつの鏡板張りのドアを手で示す。フランチェスカは彼のあとについて、自分の寝室よりも大きな、バスルームに入っていった。イアンが引き出しのひとつから、折りたたんだローブが入った透明なビニールのパッケージをひっぱりだし、カウンターの上に置いた。

「シャワーを浴びてから着替えなさい。このローブ一枚だけで、ほかには何も身につけちゃいけない。必要なものは、この引き出し二段にすべて収まっていると思うから、自由につかっていい。きみは煙草の煙とウィスキーのいやなにおいがする」

「がっかりさせて申し訳ありません」

「謝罪を受け入れよう」

イアンの答え方に、フランチェスカはまたかっとなる。彼女の顔に反抗心を見て取って、イアンは口の端をちょっと持ちあげて笑ってみせた。いまのは怒らせようとして言ったのだとフランチェスカは気づいた。

「まったくきみはぼくを喜ばせてくれる。途方もないほどにね」

褒められたことに驚いて、フランチェスカの口がぽかんとあいた。わたしはいつになったら、この人の思考が読めるようになるのだろう？

「これからは、寝室でぼくを喜ばす方法を学ばないといけない」

「教えてください」自分の口から飛びだした素直な言葉に、フランチェスカは驚く。

「よろしい。では、はじめるにあたって、まずシャワーを浴びて、このローブに着替えてもらいたい。準備が済んだら寝室においで。お仕置きをしてあげよう」

イアンはバスルームから出ていこうとして、足をとめる。「そうだ、髪もしっかり洗いなさい。目の覚めるように美しい髪から灰皿のようなにおいをぷんぷんさせるのは、犯罪と言っていい」声をひそめてそう言うと、バスルームから出ていき、その背後でドアがカチリと閉まった。

フランチェスカは美しい大理石のタイルの上に一瞬、立ち尽くす。わたしの髪が、目の覚めるように美しい？　彼を喜ばせた？　あの人がそんなことを思っているなんて、わけがわからない。全身が発火するようなキスをしておきながら、その同じ相手に、壁にかかった絵でも見るような無関心な目を向ける。いったいどういう人なの？

全身くまなくシャワーを浴びるのは、思っていた以上に気持ちのいいものだった。ガラスに囲まれたシャワー室がみるみる湯気でいっぱいになった。植物の巻きひげのような温かい霧がフランチェスカの裸の皮膚にキスをしてくる。イアンが愛用している英国製の手練り石鹸を肌にこすりつけ、清潔でスパイシーな彼の香りに全身を包まれるのは、なんともいえない快感だった。運がいいことに、マクギルの店に向かう前にシェイビングは済ませてあったから、足のむだ毛を気に病むこともなかった。

ひょっとして、裸のまま、お尻を叩かれるのだろうか？

もちろんそうに決まってる。自分で答えながら、フランチェスカはガラスのドアをあけてシャワー室から出た。ローブの下には何も着るなと、厳しく言われたのはそのためだ。ビニールの袋からローブをひっぱりだす。新品？　彼は〝お楽しみ〟を提供する女性たちのために、常時こういうローブをストックしているのだろうか？　それを考えたら少し胸が悪くなったので、無理やり頭から追いやり、必要なものをさがすことに意識を集中する。濡れた髪を梳《と》かす櫛、デオドラント、新しい歯ブラシ、マウスウォッシュのボトル。何もかもが棚の上に整理整頓されて並んでいるので、返すときにも気をつかって、きちんともとの場所にもどした。

脱いだ服をたたんで、革張りのスツールの上に置いたところ、鏡に映った自分の顔に目がとまった。白い顔の中で目を大きくみはって、こちらをまじまじと見ている。長い髪が濡れて垂れさがっていて、どことなく脅えた様子だ。

脅えているから、なんなの？　フランチェスカは自分に向かって言った。これから、彼に叩かれるのだ。痛くすると、はっきり言われた。明らかに倒錯的な性行為に応じることにしたのは、彼をたまらなく欲しているからだった。

問題は、どちらがより強いかだ――脅えのほうか、それともイアンを喜ばせたいという欲求のほうか。

フランチェスカは歩いていってドアをあけた。イアンはソファの上に腰を下ろして、タブレット型端末を膝の上にのせていた。フランチェスカが部屋に入ってくるのを見て、タブレットをコーヒーテーブルの上に移動させる。

「暖炉に火を入れておいた」そう言って、彼女の頭から爪先までながめまわす。イアンのほうはまだ、タトゥー・パーラーに飛びこんできたときと同じ、ダークグレーのテイラード・パンツに、青と白のボタンダウンのシャツという格好で、長い脚を無造作に組んで、すっかりくつろいだ様子だ。目が暖炉の火を反射してきらきら光っている。「今夜は冷える。きみに風邪をひかせたくない」

「ありがとうございます」気まずくて、どう対応していいかよくわからない。

「ローブを脱ぎなさい、フランチェスカ」イアンがそっと言った。

心臓が飛びはねるのを感じながら、彼女は帯をほどき、ローブを肩から脱いだ。

「脱いだものはそこへ」フランチェスカの隣にある椅子を指さしながら、イアンの目は片時も彼女から離れない。フランチェスカはローブを椅子の背に掛けて、その場に立ち尽くす。いまここで床がぱっくり口をあければ、その中に呑みこまれてしまえるのに。そんなことを思いながら、オリエンタルなカーペットの精緻な模様を穴のあくほど見つめている。まるでそこに、宇宙の秘密が隠されているとでもいうように。

「ぼくの顔を見なさい」

フランチェスカはあごを持ちあげた。イアンのまなざしに、これまで見たことのない光が宿っている。

「きみは素晴らしい。息を呑むほど美しい。それなのにどうして、自分を恥じるかのように、うつむいている？」

フランチェスカはごくりと唾を呑みこんだ。気が動転するあまり、恥ずかしい事実がいきなり喉から飛びだしてくる。「それは……むかし太っていて。十九歳までそうでした。もしかしたら、そのときの記憶がまだ残っていて、自分に自信が持てないのかもしれません」消え入りそうな声で言い訳した。

目鼻立ちのくっきりした顔に、なるほどという表情がよぎる。「ああ……そうか。しかし、自信に満ちているときもあるようだが」

「それは自信じゃなく、強がりです」

「ほう」彼は考える。「わかる気がする。だが、それは悪いことじゃない。自分を見下す人間は許せないという、世間に対する負けじ魂だ」そう言ってにやっと笑った。「頼もしいぞ、フランチェスカ。しかし、そろそろ自分の美しさに気づくべきだろう。自分の強みを放置せず、自在に操れるようにならなきゃいけない。他人にいいようにされるなど、もってのほかだ。さあ、ぼくの前に立ってごらん」

フランチェスカは震える足で近づいていく。イアンの隣に置いてあるクッションに、小さな瓶がのっていて、それを彼が取りあげた。いったい何が起きるのかと、フランチェスカは目を大きく見ひらく。とても小さな瓶。ずっとイアンだけに意識を集中していたので、そこにあるのに気づかなかった。イアンはキャップをねじってあけると、とろりとした白い中身を人差し指ですくった。フランチェスカの顔をちらっと見あげ、彼女がどぎまぎしているのを察知する。

「クリトリスの興奮剤だ。神経の感度をアップさせる」

「ああ、それですか」知りもしないのに、調子を合わせた。

ふいにイアンの視線がフランチェスカの股間に落ちた。クリトリスをつままれたような快感が走り、その視線だけで十分興奮する。「きみが相手だと、ぼくは自分のやり方を曲げてでも、とことん貪欲になる」

「どういう意味ですか？」

「ぼくは女を完全に服従させることで快感を得る。しかし、お仕置きをされている相手が感じようが感じまいが、ぼくにはどうでもいい。快感を得たいなら、本人がお仕置きに耐えなければならないと思っているからね。だが、きみに対しては、ふだんのやり方を少し変えてもいいと、そう思っている」

「服従？」その言葉が妙に頭にひっかかり、おずおずと訊いた。

「そう。ぼくはセックスでは支配する側にまわる。しかし興奮するために、ボンデージや調教といった要素は不要だ。好きではあるが、必要条件ではないということだ」イアンがソファからぐっと身をのりだし、彼のダークヘアがフランチェスカの腹部に迫り、鼻が彼女の性器近くに移動した。彼が息を吸いこみ、つかのま目を閉じるのをフランチェスカはじっと見ている。

「いい匂いだ」かすかにぼうっとした口調だった。

次に相手が何をしてくるか、心の準備をする暇もなかった。イアンのがっちりした指がいきなりひだの内側に入ってきて、クリトリスにクリームをまんべんなく塗っていく。何もかも心得ているような手つきに、フランチェスカはぞくぞくする。下唇を噛んで声が漏れないよう頑張るものの、そのあいだにも凝縮された快感が全身をぞくぞくと突き抜けていく。「今夜、きみにお仕置きをするよ、掛け値無しに。ぼくは楽しむよ。思う存分に。しかしきみにも感じてもらいたい。そのあたりは、きみの性質によるところも大きいが、このクリームが正しい方向へ導いてくれるはずだ」言いながら、彼女のクリトリスをマッサージするようにクリームを塗りつけていく。イアンは顔を上げ、フランチェスカが狼狽しているのを見て取る。「お仕置きを怖がるようになられては困るんだ。忌み嫌ってほしくない。要するに、ぼくに対して恐怖心を持ってもらいたくないんだ」

イアンは手を膝に落とし、ふたたび彼女の腿の繋ぎ目を凝視する。鼻孔がふくらみ、表情がこわばったと思ったら、いきなり立ちあがった。

「こっちへおいで」イアンに言われ、あとについて暖炉の前へ歩いていく。マントルピースの上から彼が取りあげたものを見て、フランチェスカの足がとまった――ボートのオールを短くしたような黒いパドル。「もっとこっちへ。きみもよく見ておいたほうがいい」フランチェスカが警戒しているとわかって、イアンが言う。

じっくり見てごらんとばかりに、パドルを掲げた。「職人の手作りだ。先週受け取ったばかりなんだ。実際につかうことはあるまいと、自分に言い聞かせながらも、きみのことを思ってつくらせたんだよ、フランチェスカ」

それを聞いてフランチェスカの目が丸くなった。

「革の張ってある面で、焼けるような痛みを与える」穏やかな口調でイアンが説明し、その冷静な口調に逆に興奮して、彼女の腿のあいだから熱い液がじゅわっと噴きだす。イアンは手首をひねってパドルを空中へ放りなげ、またすぐキャッチした。フランチェスカはびっくりして見つめる。反対側の面は、見るからに贅沢なダークブラウンの毛皮に覆われていた。「そして、ミンクの毛が張ってある面をつかって、痛みを静める」

フランチェスカの口の中がからからになり、頭は真っ白になった。

「では、はじめよう。かがんで両手を膝におきなさい」

言われたとおりの姿勢をとると、それだけで呼吸が乱れて息が切れた。イアンが近づいてきて横に並んで立った。フランチェスカは不安な目で相手の顔をちらっとうかがう。火灯りで濡れたように輝く目が彼女の身体を舐めるように見ていた。

「ああ、なんて美しいんだ。それに本人が気づかないなんて、じれったくてならないよ、フランチェスカ。鏡を見ても、男たちがきみに向ける目を見ても、はっきりしているのに、自分じゃ何もわかっていないなんて」フランチェスカがまぶたを震わせて目を閉じると、イアンが手を伸ばして背筋を撫で、そのまま左の尻の輪郭を丸くなぞった。快感がフランチェスカの全身にさざ波のように広がっていく。「これほどの肌を傷つけようと思った。そんなことを考えただけでも、きみは罰を受けなきゃいけない。しみひとつなく、真っ白で、柔らかな肌を」言いながら、長い指を尻の割れ目に這わせる。フランチェスカは目をぎゅっとつぶった。強い興奮が喉へ突きあげてきて、われを忘れてしまいそうになる。イアンはほんとうに畏敬の念に打たれているような口ぶりだった。

愛撫の手がとまって初めて、ぎゅっとつぶっていた目をあけた。

「足をひらいて、背を弓なりにしてごらん。そのほうがきみの美しい乳房を見ながらスパンキングができて、うれしい」フランチェスカは足の位置を変え、背を弓なりにした。次の瞬間、いきなりあえいだ。イアンが身をのりだして、片方の乳房を手のひらですっぽり覆ったのだ。乳首を軽くつままれて、彼女は快感に震える。

「さあ、次は少し膝を曲げてみよう。そのほうがパドルの衝撃を吸収しやすい。そうだ。完璧だよ、フランチェスカ。スパンキングを受けるときには、いつもこの姿勢をとるものと、そう覚えておきなさい」イアンは言って、彼女の肩に手を置く。たちまちフランチェスカは、イアンの巧みな指と温かい手のひらに包まれる感覚が恋しくなった。「きみの肌はデリケートだ。まずは十五回」

パドルの革の面で尻を殴打される。フランチェスカは目を大きく見ひらき、声を漏らした。閃光のような痛みはすぐ消えて、じーんとしびれる感覚に変わった。「だいじょうぶかい？」イアンが訊いた。

「はい」正直に答え、下唇をぎゅっと噛む。

イアンがまたパドルを振りあげ、今度は尻の丸みが終わるあたりの、感じやすい底部分をピシャリとやった。その衝撃にフランチェスカは前につんのめりそうになり、イアンに肩をつかまれた。

「ゴージャスなお尻だ」低く、かすれた声で言ってから、ふたたびピシャリとやる。「ランニングの効果だろう。引き締まって形がよく、ぱんと張りがある。スパンキングには、おあつらえむきだ」

パドルがまた振りおろされ、フランチェスカの喉から鋭い息が漏れる。パドルで叩かれたお尻は燃えるような痛みを発しているのに、どうしてそれが、クリトリスには快感として伝わるのだろう？　豆のような肉がいきりたち、熱を持ってうずいている。次に打たれたときには、こらえきれずに声を張りあげた。

「痛かったかい？」イアンが手をとめて訊いた。

フランチェスカはただうなずく。

「あまりに痛かったら、そう言っていいんだ。もっと手加減する」

「いいえ……だいじょうぶです」声を震わせて言った。

イアンがいきなり接近してフランチェスカの尻をつかみ、そこに自分の股間を押しつけた。膨張してびくびく動く大きなペニスを尻に感じて、フランチェスカはあえいだ。

「わかるだろう。きみがぼくをどれだけ喜ばせてくれているか」

フランチェスカの頰がかっと熱くなる。クリトリスの焼けるようなうずきがいっそう強くなった。イアンは一歩下がると、ふたたびパドルを構え、大きな音を響かせて何度も何度も叩く。最後の一打となったときには、フランチェスカの尻は火がついたようになっていた。腿の震えを見られたのだろう。「じっとして」とイアンが言い、フランチェスカの肩をつかむ手に力をこめた。じんじん痛む尻にイアンがパドルを押し当てる。まるで慎重に狙いを定めて、最後の一打を決めようとするかのようだった。パドルが持ちあがり、一気に振りおろされた。

その衝撃に、われ知らず叫んでしまった。前へつんのめる身体をイアンがつかまえた。

「いい子だ」イアンはフランチェスカをなだめる。「痛い時間は終わったよ」

フランチェスカは声を震わせて泣き、イアンはパドルを裏返して、焼けるように熱い尻を毛皮で優しく撫でていく。フランチェスカはクリトリスに手をまわして、そこを指で刺激したくてたまらない。こんなに興奮しているのは、イアンの手でスパンキングをされたせい？　彼が塗ってくれた興奮剤のせい？　イアンの太く長い指がクリトリスにクリームを塗りつけた、それを考えただけで、口からうめき声が漏れる。あそこが熱くてたまらない。ふいにイアンが尻を撫でるのをやめた。肩に手を置き、立つように促す。

　フランチェスカはそれに応じ、背を起こして彼のほうを振り返る。奇妙な感覚が全身に満ちている。ぼうっとして……ぞくぞくして。もうイアンはパドルを持っていなかった。圧倒された気分でその場にじっと立っていると、顔から優しく髪を払われた。

「素晴らしかったよ、フランチェスカ。想像していた以上に素晴らしい」イアンがつぶやくように言い、両手の親指の腹でフランチェスカの頬をさっと撫でた。「痛くて泣いていたのかい？」

　首を横に振る。

「じゃあ、どうしてだい？　子猫ちゃん」

　喉が締めつけられているようで、しゃべることができない。だいたい、しゃべることができたとしても、何を言っていいのかわからない。

　イアンは彼女のあごを両手で優しく包んだ。フランチェスカは太っていた時期が長く、女性にしては背が高いため、大きいばかりでぶざまというコンプレックスをいつも抱いていた。しかしイアンは彼女よりずっと大きい。隣に並ぶと、自分は小柄できゃしゃな……女らしい身体だと思えてくる。そこでふいに、彼の手が震えていることに気づいた。

「イアン。手が震えてる」ささやくように言った。

「わかってる。きっとがまんのしすぎだろう。いまこの瞬間も、きみを押し倒して乱暴に犯したくてたまらない。それを全力で阻止している」

フランチェスカはびっくりしてまばたきをする。それに気づいたのか、イアンが後悔するように、つかのま目をつぶった。

「次は膝の上できみをスパンキングしたい。膝にきみをのせて、好きなようにできるというのは、たまらない快感なんだ。しかしきみは敏感だから、痛みがひどいようだったら、無理強いはしない」

「だいじょうぶ、続けてください」かすれた声で言い、彼の目をまっすぐのぞきこむ。イアン、わたしはあなたを喜ばせたい。

イアンはまぶたをぴくっと動かし、親指の腹で頬を愛撫しながら、彼女の顔を注意深く観察している。

「よし」とうとう意を決したように言った。「だが、まずは暖炉で温まりなさい」

フランチェスカはあとについていくが、彼は途中でバスルームに寄った。

「すぐもどるよ」

暖炉の前でフランチェスカは待つ。うずく身体が火の熱を受けて、疲労と興奮の入り交じった不思議な感覚に包まれる。まもなくイアンが大きな櫛を手にもどってきた。

「髪を梳かしながら、火で少し乾かそう」

フランチェスカはとまどった目を彼の顔に向けた。イアンはちょっとばつが悪そうな感じで小さく笑う。

「ぼくのほうの興奮を、少し静めないといけないんでね」

フランチェスカもおずおずと笑みを返し、促されて彼に背を向けた。イアンが髪を小束にわけていくと、リラックスしながらも、強い期待に身体がぞくぞくしてくる不思議な感覚に襲われる。イアンは片手に髪の房をとり、もういっぽうの手で櫛をゆっくり通していく。フランチェスカはうなだれた。

「眠いのかい?」後ろからイアンがささやく。その声にフランチェスカの乳首が敏感に反応し、じんじんする。熱くしびれていたクリトリスの感覚がいっそう鋭敏になる。なんていやらしいクリームだろう。

「いいえ、ただ、とても気持ちがよくて」

イアンは根元から櫛をすーっとおろしていく。乾きかけた毛先はフランチェスカのウエストの上まで届いている。「きみのような髪は初めて見た。薔薇色を帯びた金色だ」つぶやくように言ったかと思うと、フランチェスカのじんじんしている尻を愛撫して彼女の背筋を震えさせる。イアンは敗北したように息を吐き、櫛をマントルピースの上に置いた。「興奮を静めるなんて無理だ。続けたほうがいい。ついておいで」

そう言うとソファへ歩いていき、真ん中のクッションに腰を下ろして腿をかすかにひらいた。目を膝の上に落として、無言で彼女をそこへ誘う。フランチェスカはふいに恥ずかしくなった。自分は裸で、彼は依然として服を着ている。いったい何をされるのか予測もつかない。と、スラックスの股間が盛りあがっているのが目に入り、緊張に息を呑む。勃起したペニスが左の腿に沿って伸びているのがはっきりわかる。まるで魅了されたように、その部分から目が離せないまま、フランチェスカは彼の腿を挟んでソファの上に両手両膝をつき、身体を沈めていく。イアンは手をひらいてフランチェスカの脇腹と尻を撫でながら、自分の望む位置に彼女の身体を導いていく。

彼の左腿の外側に乳房の下部が触れ、両腿の上に腹がのり、右腿の上に股間がかぶさる形で、フランチェスカの身体が落ちついた。ウエストから尻の丸みに沿って、イアンがさっと手をすべらせると、彼女の肋骨にペニスが当たった。

「今後、膝上スパンキングをするときには、このポジションを正確にとってほしい。わかったね？」言いながら、温かな手で彼女の尻を愛撫している。叩かれたあとで、その部分はまだひりひりしていたが、撫でられても不快ではなかった。

「はい」返事をすると同時にうなずき、その拍子に髪が顔にかかる。

「それと、もうひとつ」イアンは言いながら、フランチェスカの髪をていねいに束ね、いっぽうの肩にかける。それから彼女の後頭部をそっと押して、柔らかなソファの布に額をくっつけさせた。「今後スパンキングの際には、しばしばきみに目隠しをすることになるだろう――意識を完全に集中させてもらいたいからね。お仕置きする手と……ぼくの興奮に。しかし今回は顔を伏せて目を閉じてもらうことにしよう」

フランチェスカは目をぎゅっとつぶり、彼の膝の上で身をよじった。イアンの動きがとまる。

「おや？　興奮してるのかい？」

「たぶん……そうだと思います」言いながら、自分でもよくわからなかった。いや、たしかに興奮している。彼の言葉を耳にしただけで、全身がぞくぞくした。どうして？

「きっとクリームのせいです」独り言のようにつぶやいた。

イアンはまた彼女の尻を愛撫しはじめた。「クリームの効果だけではないと、祈ろうじゃないか」つぶやくように言うその声に、笑いがまじっている。「それじゃあ、じっとして。でないと、もっと痛くするぞ」

イアンの手が上がった。右の尻をぴしゃっ、左の尻をぴしゃっ、それからまた右というように、続けざまにすばやく殴打し、彼女の耳に鋭い音が反響する。彼の手がとまっても、まだ音は耳の中で響き続け、フランチェスカは下唇を噛んで、うめき声が漏れないようにする。イアンは明らかにスパンキングの名手だった――ここと決めた位置へ正確に打ちこみ、一打一打にしっかり力がこもっていて歯切れがいいが、決して急ぐ感じはない。一息ついたあとでまたはじまり、左右の尻の丸みから腿の付け根まで、余すところなく、まんべんなく叩かれる。単なる殴打の痛みとはまた違った、焼けるような感覚が、フランチェスカの下半身を襲う。打たれるリズムとは関係なしに、肌の奥でたぎる熱が皮膚表面からじわじわと発散されていく。イアンはどの部分を叩くのが好きか、たちまち彼女は察知した——丸い尻の底。その場所を叩くたびに、ペニスがびくんと動き、彼の腿に緊張が走るのが感じられるのだ。イアンの手が、彼女の尻と同じようにどんどん熱を持っていく。その熱は彼のペニスからも発散され、スラックスの布を通して彼女の肌に伝わってくる。

尻の底を打たれたあと、ふいに尻全体をつかまれた。彼の股間が押しつけられ、弧を描くようにペニスがこすりつけられる。フランチェスカの震えるうめき声が、イアンの獰猛なうなり声と重なる。敏感になっているクリトリスが、彼の強い興奮を感じ取り、ますます熱くなってジュージューと音をたてるかのようだ。フランチェスカは頭が朦朧としてきて、いまにも燃え尽きてしまいそうだった。彼の膝で身をよじり、クリトリスに刺激を与えたい……盛りあがったペニスに臆面もなくこすりつけたいと、もうそれしか考えられない。イアンはすわりなおし、スパンキングを再開する。何度かすばやく連打したあとで、また尻を手で揉みしだくものだから、フランチェスカはもうたまらない。

「ああ、イアン……だめ。ごめんなさい、でももう無理」彼の膝の上でうめき、悶える。

イアンは動くのをやめたが、依然として彼女の尻をぎゅっとつかんでいる。

「痛すぎる?」緊張した声で訊く。

「そうじゃないの。もうじっとしていられない。爆発しそう」

イアンが動かないので、フランチェスカは心配になる。すると彼は尻から手を離し、いきなり腿のあいだに手をすべらせてきた。彼の指先が性器の外陰部をすっとなぞると、どうかしてしまいそうな快感が走り、思わずアンと声を漏らした。ペニスが跳ねあがってフランチェスカの腹に当たった。

「すごい……びしょびしょだ」彼のつぶやく声が聞こえる。驚いているようだった。フランチェスカは興奮して、恥ずかしいとも思わない……すっかりわれを忘れていた。肩に手を置かれて上体を起こすよう促され、フランチェスカははっと息を呑む。

「こちらを向きなさい」固い口調で命令が飛んできた。

どうしよう。また彼をいらだたせてしまった? イアンの手に導かれてフランチェスカは彼の前にひざまずいた。

「ぼくの膝にまたがるんだ」

ほとんど乾いた髪を肩と背中に散らばせて、フランチェスカは言われたとおり、脚をひらいて彼の膝にまたがる。イアンは彼女の尻の左右に張った部分に手を置き、自分の腿に、焼けるように熱い彼女の股間を押しつける。髪を撫でながら肩の後ろに払って、彼女の乳房を剝きだしにする。そこに視線をじっと注ぎながら、上唇をわずかにゆがめて、酷薄そうな顔になった。

「見てごらん」ささやくように言う。「きみの乳首がお尻と同じくらい赤くなっている」そう言って彼女の顔をちらっと見る。「ほっぺたもそうだね、フランチェスカ……それに唇も。きみはお仕置きをたっぷり楽しんでいる。それがまたぼくはとてもうれしい。きみの小さなプッシーを犯したら、どんなに気持ちいいだろう」

フランチェスカの性器が痛いほどに収縮する。イアンは大きな手を広げて、彼女の脇腹を撫でまわし、頭を下げて、顔を乳房に近づける。フランチェスカは緊張し、トレーニング室でしてくれたように強く吸われるのを期待したが、彼は唇をわずかにすぼめて、硬くなった乳首のいっぽうに軽くキスをし、それからもういっぽうにもそっと口をつけただけだった。「ほんとうに完璧だ」ささやくそばから、イアンの手がせわしなく動く。スラックスのファスナーをおろしているのだとわかって、フランチェスカの全身を興奮が貫く。イアンの唇が彼女の乳首を軽くくわえ、そっと吸ったあとで、熱く濡れた舌で肌をつっついてくる。

フランチェスカのクリトリスが融けてしまいそうに熱くなった。イアンの膝の上で左右のヒップがぴくぴくしている。もうがまんできず、彼の頭にしがみつき、喉の奥からあられもない興奮の叫びをあげる。イアンは頭を上げて、彼女の顔を見あげた。

「いい子だ、いい子だよ」青い瞳に欲情をたぎらせて、彼女をなだめる。それから手を動かして、フランチェスカの波打つ腹部を撫でおろした。彼の指がなめらかなひだのあいだにすべりこんだ瞬間、フランチェスカは切ない声を漏らした。クリトリスに指が触れる、ただそれだけ。ほかには何もいらなかった。

まるでそこにダイナマイトを隠していたように、フランチェスカは爆発した。

何をしているのかわからない。途方もない快楽の波に呑みこまれて、一瞬自分の存在が消えた。イアンがさらにクリトリスを刺激する、そのわずか数秒のあいだにクライマックスがやってきて、彼女の全身を貫いた。遠くで舌打ちするような音が聞こえた。彼女のオーガズムの震えを自分の身体で吸収しようとするかのように、イアンはフランチェスカをきつく抱きしめる。吠えるような快楽を前に、彼女はどうすることもできず、ただそれに身を任せて、彼の腕の中で震えている。

イアンの手が動いた。がっしりした指が膣に押し入り、フランチェスカは声をあげる。気がついたときには、ソファの上でイアンの隣に四肢を投げだして倒れていた。息を吸おうとあえぐ彼女を、イアンが上からじっと見おろしている。

「きみはまだ一度もセックスをしたことがない。そうだね？」

フランチェスカのひゅうひゅういっていた息が凍りついた。それは問いかけというよりも、非難だった。

「はい」フランチェスカは言って、また息をはずませる。どうしてそんな目で見るのだろう？「そう言ったはずです」

イアンの目に怒りがはじけた。「ヴァージンだなんて、いつぼくに言った？　そんな大事な情報を、聞きのがすわけがない」歯を剝きだして食ってかかる。

「言いました。あそこで——今夜この部屋に入る前に」言って、ばかみたいに寝室のドアを指さす。「こういうことは、初めてなんだねと言われて、わたしは——」

「ぼくが言ったのは、男からお仕置きを受けることだ。性的に支配されたことがあるかどうか。ファックのことじゃない」怒鳴りちらすように言うと、ぎくしゃくと立ちあがって、短い髪を指でかきむしりながら暖炉の前を行ったり来たりしはじめた。すっかり平常心を失っている。

「イアン、いったい——」

「ばかなことをしたと思ってる」苦々しげに言う。「相手がどういう人間だか、見極めもせずに火遊びをした」

いきなり胸に衝撃がやってきて、フランチェスカの口がぱっくりとあいた。ばかなこと……？　ここまでやって、わたしをはねつける？　ついさっきまでこの部屋で繰り広げられていた場面が意識にのぼってきて、打ちのめされそうになる。あさましいまでに欲望を剝きだしにして、われを忘れてしまった。

その瞬間、子ども時代に学んだ苦い教訓を思いだした。それはいまでもはっきり思いだせるほど、幼い心に深い傷を残していた。愛してほしいと素直に気持ちをさらけだし、防備をうち捨てて自分を差しだした。それなのに相手から、ゴミでも捨てるように突き返された。これ以上の辱《はずかし》めがほかにあるだろうか。

目が涙で曇って何も見えない。フランチェスカはソファの隅を手さぐりしてカシミアの毛布をつかみ、裸の身体に巻きつけて立ちあがった。イアンが足をとめ、いったい何をしているのかとフランチェスカに目をやる。

「なんの真似だ？」吠えるように言った。

「帰ります」答えながら、バスルームのほうへ大股で歩いていく。

「フランチェスカ、とまりなさい」静かだが、威圧するように命じた。

フランチェスカは足をとめ、彼のほうを振り返った。傷心と怒りがこみあげてきて、喉が苦しい。「あなたはたったいま、わたしに命令する権利を失った」歯を食いしばって言い切った。

イアンの顔が蒼白になる。

目に盛りあがってきた涙がこぼれる寸前に、フランチェスカは彼に背中を向けた。イアン・ノーブルには、もう十分わたしの弱さを見せつけた。

一晩で、一生分の。

パートⅢ　「きみから離れていることができない」

5

あれから二日、イアンはリムジンの窓から外をながめている。運転手のジェイコブ・シュワルツがハンドルを切ったあと、車は煉瓦造りの瀟洒《しょうしゃ》なテラスハウスが並ぶ通りを走っていた。仕事仲間からの情報によると、デイヴィッド・ファインスタインは、亡くなった両親、ジュリアとシルヴェスターから自宅を相続したということだが、彼ならウィッカーパークに建つ豪華な家を自力で手に入れられたはずだった。ファインスタインの画廊はそれほど繁盛していた。フランチェスカのルームメイトが、卓越した美的感覚と優れたビジネスセンスに恵まれているのは明らかで、おまけに洗練された物腰で、落ちつきもあり、礼儀作法も完璧となれば、裕福な美術鑑定家を多数惹きつけるのも当然だった。

デイヴィッド——フランチェスカの呼び方だと〝デイヴィ〟——が、同性愛者だとわかってほっとしたことも、イアンは正直に認める。といっても、彼女のルームメイトの性的指向はあまり問題ではないのだが。そう思ったところで、ジェイコブが車をとめた。イアンはフランチェスカのルームメイトが彼女に指一本触れていないことを、先日の夜、じかにたしかめたのだった。

それと同時に、自分が手を触れてはならないものに触れてしまった、その事実も思い知った。運転手がドアをあけてくれたときには、イアンはすっかりしかめっ面になっていた。

寝室を出ていくときの、フランチェスカの打ちひしがれた表情が、千回消しても残るほど、彼の脳裏にくっきり焼きついていた。強い焦燥に駆られながらも、彼女がペントハウスから逃げるように去っていくのを、だまって見守るしかなかった。とめても無駄だとわかっていた。美しい顔に浮かんだ頑固な表情が、いまは何を言っても耳を貸さないと言っていた。こんな状況に自分を追いこんだ彼女にイアンは怒りを覚えつつ、それと同時に、都合のいい面しか見てこなかった自分にも腹を立てていた。

もちろん、彼女の純真さは理解していた。しかしどこまで純真なのかは、知らなかった。もう関わらないのが一番だとわかっている。永遠に。

それなのに、彼はいまここに立っている。

ダークグリーンのペンキが塗られた木のドアをノックする。妙にひらきなおった気分だった。いったいどうしてここまで彼女にこだわるのか？　数年前、知らないあいだにフランチェスカが自分を絵に描いていたからか？　見られたのはほんの一瞬でありながら、たしかに彼女は自分の本質を見抜いていた。

フランチェスカに悪気はなかったのだろうが、イアンのほうは罰してやりたい、自分のものにしたいという欲望が消えない。

フランチェスカがペントハウスに絵を描きにきていないのは、ミセス・ハンソンから聞いて知っていた。避けられているのがわかって、それがどうにもしゃくに障る——頭で考えれば当然のこととわかるものの、だからといって気は治まらない。ドアをふたたびノックしながら、イアンの心は依然として決まっていなかった。フランチェスカに謝って、もう二度とちょっかいを出さないから心配するなと安心させるか。それとも、もう一度彼女に触れられるよう、何がなんでも相手を説得しにかかるか。

そんなふうに柄にもなく葛藤を続けてきたせいで、神経は高ぶり、いらいらが爆発しそうだった。ふだんなら不機嫌になってもリンが上手になだめてくれるのだが、今度ばかりはそうはいかず、まるで彼は最大級のハリケーンだというように、まったくそばによりつかなかった。

玄関のドアが勢いよくあいて、中肉中背の茶色い髪の男が応対に出た。年は二十八と聞いていたが、見た目はもっと若く、まじめくさった顔でこちらを見ている。画廊から帰ってきたばかりらしく、ダークグレーのスーツという仕事用の服装だ。

「フランチェスカに用があってうかがったのだが」イアンが言う。

デイヴィは不安そうな目で家の奥をちらちら見てから、こくりとうなずいて一歩さがり、イアンを中に招き入れた。案内された居間は、趣味のよい内装が施されていた。

「おかけください。彼女がいるかどうか見てきます」デイヴィが言った。

イアンはうなずいて、ジャケットのボタンをはずしてから腰を下ろした。となりのクッションの上に置いてあるカタログをなんの気なしに取りあげる。そうしながら大きなテラスハウス内の物音にじっと耳を澄ましているものの、階段を下りてくる足音は聞こえない。カタログにはひらき癖がついていて、ついさっきまで誰かが読んでいたようだった。それは絵のリストで、地元の競売会社でオークションにかけられる絵がずらりと並んでいる。

しばらくしてデイヴィが居間にもどってきた。イアンは顔を上げ、カタログを脇に置いた。

「忙しくて手が離せないと」デイヴィが言う。伝言役を仰せつかって、なんとなく気まずい顔だ。

イアンはゆっくりとうなずく。予想された展開だった。

「手があくまで、待たせてもらうと、そう伝えてもらえないだろうか？」

デイヴィが息を呑み、喉仏がびくんと動いた。何も言わずにまた部屋を出ていき、しばらくしてもどってきたが、フランチェスカは連れてこなかった。申し訳ないという感じで顔をしかめている。イアンはにっこり笑って立ちあがった。

「きみのせいじゃない」デイヴィを安心させて、手をさしだす。「こちらはイアン・ノーブル。まだちゃんとあいさつをしていなかった」

「デイヴィッド・ファインスタインです」デイヴィが言い、イアンと握手した。

「待つあいだ、きみもちょっとすわってもらえないかな?」イアンが訊く。

相手がほんとうに待つつもりだとわかって、デイヴィはとまどうが、それでも根っからの礼儀正しさから、むげには断れない。コーヒーテーブルを挟んでイアンの向かいにすわった。

「彼女が機嫌を損ねている理由はわかっているんだ」イアンは言って足を組み、またカタログを手に取った。

「機嫌が悪いんじゃない」

デイヴィの言葉を聞いて、イアンが顔を上げる。

「激怒している。それに傷ついている。あんなに傷ついてる彼女を見たことがありません」

イアンはだまっている。デイヴィの漏らした赤裸々な言葉が胸に突き刺さり、その痛みが消えるのを待っている。しばらくのあいだ、どちらも口をひらかなかった。

「してはいけないことをしてしまった」イアンがとうとう口をひらいた。

「恥を知れということですね」静かながら怒りのこもった声だった。同じことを、デイヴィと、フランチェスカのあとふたりのルームメイトに向かって、タトゥー・パーラーで言ったことをイアンは思いだした。

「そのとおり」イアンが相手の言葉を慎重に受けとめて言う。後悔が胸にわいてきて、つかのま目を閉じた。先日の夜のフランチェスカの純真さとかわいらしさを思いだす。どういうわけだか、彼女のプッシーが、しつこいウイルスのように脳裏に組みこまれてしまい、除去しようとすればするほど、ますます鮮明に脳に映し出されるのだった――しなやかな白い腿のあいだにけぶる、絹のようなローズゴールドの陰毛――なめらかで、ふっくらした肉びら――あれほどすべりがよくて、きつきつの割れ目に触れたのは生まれて初めてだった。彼女の尻を叩いた記憶が蘇ってくる。どれほど彼女が喜んだか……ほかでもない、あのフランチェスカが。

「だが、残念ながら」イアンがデイヴィに言い返す。「その恥が、彼女から自分を遠ざけるには十分ではないらしい。いくら恥を重ねても、近づかずにはいられない、いまではそんなふうに思いはじめている」

デイヴィは驚いた顔になった。咳払いをして、立ちあがる。

「じゃあとにかく、もう一度様子を見てきます……仕事の手があいたかどうか」

「その必要はない。もうここにはいないだろう」

デイヴィははっとして、椅子の横で足をとめた。「どういう意味です？」

「二十秒ほど前に、裏口からこっそり出ていった。たぶんね」カタログのページをぱらぱらめくりながら言う。デイヴィがうろたえているのがわかって、そこに乗じる。「これは、きみのだね？」イアンは訊いた。

デイヴィがうなずく。

「きみが何を考えていたかわかるよ。フランチェスカはいつ、これを描いたんだね？」

デイヴィはまばたきをし、われに返ったようだった。「二年ほど前。昨年ファインスタインで売ったんです。うれしいことにその屋敷の遺品売り立てに出されていた。買いもどして、あらためてこの作品にふさわしい値段で売って、余得分をフランチェスカに支払おうと考えて」そこで眉をひそめる。「彼女、ここ数年、ただ同然の値段で多くの絵を売らなければならなかったんです。ぼくと出会う前に手放さざるを得なかった作品のことを思うと、悔しくて。知り合う前のフランチェスカは、かつかつの生活を送っていたんです。彼女の場合、まだ知名度がなかったんで、ぼくがあいだに入ったからと言って、さほど高い値で売れたとはかぎりませんが、それでも袋ひとつ分の食料品代以上の値で売ることはできた」そう言ってカタログをあごで指す。「で、この作品なら、かなり高い値段で売れると確信しました。最近になって彼女の名前も美術業界で少しずつ知られるようになってきた。あなたの賞を勝ち取ったことで、知名度があがったのは間違いありません」

イアンは立ちあがり、ジャケットのボタンをとめた。「きみのサポートにずいぶん助けられたのも間違いないだろう。きみはずっと良き友人として彼女を支えてきた。よかったら名刺をいただけないか？　いろいろ話したいことがあるんだが、会議の時間に遅れそうなんでね」

デイヴィは一瞬ためらいを見せたが、結局ポケットに手を入れた。あとで大事な人に言い訳をしようと覚悟を決めた男のような顔だった。

「ありがとう」イアンは名刺を受け取った。

「フランチェスカは素晴らしい人間です。ですから……あなたは距離を置くのが一番だと思います」

イアンは目をすうっと細めて、言いにくそうにしながらも意を決していることがわかるデイヴィの顔を数秒のあいだじっと見ている。居心地の悪くなったデイヴィが目をそらした。裕福なクライアントたちの前では見せないであろう、思いやりに満ちた目で、この男はフランチェスカを見守ってきたのだろう。それとは対照的な自分のあさましい目を思って、イアンの胸に苦いものが広がった。

「まったくきみの言うとおりだ」ドアに足を向けながら、自嘲的に言わざるを得なかった。「ぼくがもっといい人間だったら、きみのアドバイスに従っていただろう」

この時期フランチェスカがどうしていたかというと――彼女は泥棒のように夜中に働いていた。絵に呼びもどされたと言ってよく、状況がどうであれ、描かずにはいられなかったのだ。

デスクの上に小さなランプを置き、その光を頼りに色を手早く混ぜていく。光の加減が変わる前に、夜空の色合いを正確にとらえようと必死だった。部屋は影に包まれているので、ベルベットのような夜空を背景に、暗い高層ビル群にひときわ明るく輝く光が、よりくっきりと見える。いきなり手をとめて、後ろを振り返り、アトリエの閉まったドアに目をやって緊張して待つ。不気味なほどに静まった部屋の中に、自分の心臓の鼓動がやけに大きく聞こえだす。部屋の奥の影が一段と濃くなった気がして、それが何か形をとるような錯覚を覚える。今夜は誰もいないからと、ミセス・ハンソンは請け合っていた。イアンはベルリンにいて、ミセス・ハンソンは郊外に住む友人の家を訪ねると言っていた。

それなのに、エレベーターを降りて、イアンのテリトリーに一歩足を踏みいれた瞬間、自分がひとりではないような気がした。

誰もいない部屋に、生きた人間の気配が取り憑くなんてことがあるだろうか？　贅沢なペントハウスの中、イアンの存在感がフランチェスカの胸にずっしりとのしかかってきて、見えない指で触れられたように肌がちくちくする。

ばかなことを考えるんじゃないと、フランチェスカは自分を叱り、腕を大きく動かして、キャンバスの上に次々と力強い線を描きだす。イアンの寝室で裸で立ち、無防備な姿をさらしてから、四日が経っていた。向こうが連絡をつけようとしているのは知っている。何度か電話が入っているし、自分の家の裏口からこっそり逃げだすというマヌケな事態もフランチェスカは経験していた。また彼に会う、そう考えただけで圧倒され、恐ろしくなるのだった。

彼の顔を見て、声を聞いたら、どうなるか。先日の夜、彼がはじめたことを、最後までやってほしいと、泣いてすがりそうな自分が怖かった。

フランチェスカはキャンバスを前に筆を大きく動かして、切りつける真似をしてみる。あんな横柄なろくでなしに懇願などするものか。

腕のうぶ毛が逆立ち、フランチェスカはまた後ろを振り返る。べつに何も異常な事態は起きていないとわかり、絵を描くことに集中する。ここにもどってくるのはいい考えには思えなかったが、それでも絵だけは完成させたかった。そうでなければ、永遠に心は安まらない。すでにイアンに報酬を全額支払ってもらったからというわけではない。絵を描くことは彼女の根っからの使命のようなもので、なんであろうと一度手がけたならば、それを完成させるまでは、いかなる自由も得られないのだった。

集中せよと自分に言い聞かせる。イアンのゴーストが――自分のゴーストが――それを困難にさせる。

ばかみたいにその場に立ち尽くして、イアンにパドルで打たれ——彼の膝の上に素っ裸で身を預け、子どものようにお尻を叩かれた。

恥ずかしさが洪水のようにフランチェスカの意識を襲う。人生の大半をデブ女として生きてきて破れかぶれになっていた。だからイアンのような男が自分に欲情するのを見たとたん、尊厳も喜んでかなぐり捨てたと、そういうことなのか？　そうでなかったら、あの晩、彼に自分をあそこまで貶《おとし》めることを許した説明がつかないのでは？　あれ以上イアンが自分を欲していたら、いったいどこまで堕ちていったことだろう？

考えれば考えるほど、たまらない屈辱に襲われる。フランチェスカは怒りをキャンバスに叩きつけていき、そうするうちに、早くそこへ入れないものかと切羽詰まるように望んでいた完全なる集中ゾーンに入っていった。一時間後には、パレットを脇に置いて、絵筆から余分な絵の具をふきとっていた。ほとんど休みなしに絵筆を動かし続けたために凝ってしまった肩を揉んで、緊張をほぐす。大きな絵を描くのにどれだけ肉体を酷使するか、それを話すと友人たちはいつもびっくりする。

フランチェスカのうなじの毛が逆立ち、マッサージをする指がとまった。勢いよく後ろを振り返る。

全体がダークな色調の中、白いシャツがひときわ早く影の中から浮かびあがった。ジヤケットは着ないで、シャツの袖がまくりあげられている。腕時計のゴールドが闇の中できらりと光った。フランチェスカは夢を見ているような気分で、身動きひとつできずにその場に立ち尽くす。

「悪魔に取り憑かれたように描いている」

「まるで悪魔に取り憑かれたことがあるような口ぶりですね」固い口調で返した。

「それはすでに、お見通しと思っていたが」

ひっそりとした道をひとり歩くイアンの姿がフランチェスカの頭に急に浮かんだ。思いだすたびにいつも胸にわきあがる深い同情の波を静める。

肩に置いていた手を下ろし、フランチェスカは相手のほうへ向きなおった。「ミセス・ハンソンから、今夜はベルリンにいらっしゃると聞きましたが」

「緊急の用事で呼びもどされた」

フランチェスカはつかのま言葉を失い、相手の目に反射する高層ビルの光を凝視する。

「そうでしたか」ようやく目をそらして言った。「じゃあ、わたしは帰ります」

「いつまでぼくを避けているつもりだ？」

「あなたが目の前にいるかぎり？」すばやく切り返した。相手の声に怒りがにじんでいるのを察知して、彼女自身の怒りと混乱に火がついた。顔をうつむけて、相手の目の前をずかずかと通り過ぎようとしたところ、いきなり上腕をつかまれて、足がとまった。

「どうしてほっといてくれないの?」

「放して」声はいかにも怒ったように響いたが、目に涙が盛りあがっているのがわかってぎょっとする。ふたたび顔を合わすだけでも重荷だというのに、どうしてこの人は、わたしが無防備でいるときに、こっそりのぞき見するような真似ばかりするの? 「どうしてほっといてくれないの?」

「できるものなら、そうする」冬の霜みたいに凍りついた声だった。フランチェスカは逃げようと身をよじるが、逆に強い力で相手の身体に引きよせられた。次に気づいたときには硬い胸とぱりっとしたシャツに顔を押しつけていて、彼の腕に抱かれていた。

「すまない、フランチェスカ。心からそう思ってる」

一瞬、フランチェスカの全身から力が抜け、相手に体重を預けて、彼のたくましい身体と体温を受けとめた。感情が一気に高ぶって全身が震えだす。それから、髪を優しく撫でられているのがわかって、相手の手に意識を集中した。なぜこの一瞬、自分がガードをはずしてしまったのか、あとで考えれば、それは彼の声の響きだった。ばかなことをしているとわかっていながら、ほかにどうすることもできず、破れかぶれになっているような声。それはまさに自分が感じている思いといっしょだった。結局この人は悪人ではない。あの晩、彼が見せた欲望は本物で、それによってわたしを貶めたわけではなかった。

イアンがあれ以上求めなかったという、その一点にフランチェスカは激怒していた。

自分の経験不足を忘れるほどに、激しく。

胸がいっぱいになって息苦しさを覚え、思わず彼の身体を押しのける。気がついたときには、自分の中で欲望がふくらんでいて、その重みに耐えられなくなっていた。イアンはゆっくりと彼女の身体を放したが、まだ腕を伸ばせば届くところに立っている。

フランチェスカはうつむいて頬の涙を乱暴にぬぐい、目を合わせることを拒否している。

「フランチェスカ――」

「お願いだから、もう何も言わないで」

「ぼくはきみにふさわしい男じゃない。それだけははっきりさせておきたい」

「ええ。わかりすぎるくらいわかっています」

「まだ若くて世間ずれもしておらず、豊かな知性や才能を備えている、きみみたいな女の子と関係を持とうという気はぼくにはないんだ。すまない」

その言葉にフランチェスカの胸は引きしぼられるように痛んだが、彼の言うことが正しいのもわかっていた。それはおかしいと反論するのもばかげている。ふたりは住む世界が違う。それはもう火を見るより明らかではないか？　ここ数日、デイヴィに繰りかえし言われていたのを忘れたの？　フランチェスカは彼のワイシャツのポケットをぼうっと見ている。現実から逃げだしたい――イアンに抱きしめられたまま、暗がりの中にずっと身を隠していたい。イアンはフランチェスカのあごをつかみ、指に力を入れて自分のほうへ顔を向けさせようとする。フランチェスカが弱々しく顔を上げると、イアンがかすかに哀れむような目をしているのがわかった。

フランチェスカはいきなり相手から離れた。同情されるのはがまんできない。が、イアンに腕をつかまれ、その場でとまった。

「女性にかけては、まったくひどい男だ」吐きだすように言う。「デートはすっぽかし、約束の時間を忘れる。失礼きわまりない。ぼくが真に意識を集中させるのはセックスだけだ……それも自分のやり方で強引に」突き放すような言い方にフランチェスカは驚き、あらためてイアンの顔をまじまじと見る。「ぼくは仕事がすべての人間だ。会社の支配権を失ったらおしまいで、だからそんなことは絶対させない。これがぼくという人間だ」

「だったら、どうしてわざわざ、わたしに言うんです？　なんだって今夜ここにやってきたんですか？」

イアンの顔とあごがこわばり、まるで何か苦い言葉を吐きだすのをがまんしているようだった。「きみから離れていることができないからだ」

一瞬フランチェスカの心が混乱に揺らいだ。が、先日の夜に受けた辱めの記憶がまたもや波のように押しよせ、混乱をきれいに押し流した。「できないとおっしゃるなら、べつのアーティストを見つけるか、わたしの作業場を移すべきです」

「フランチェスカ、もうぼくから離れていくようなことはするな」威圧的な口調に、ふたたびフランチェスカの足が震える。

自尊心に背中を押され、やっとのことで彼女はドアの外へ出ていった。


それから何日か、フランチェスカは空虚感に心をさいなまれたが、なんとか気持ちを切り替えて、痛みを心の奥深くに押しとどめた。一番つらいのは、電話が鳴って、それがイアンからだとわかったときだ。電話をことごとく無視するのは、言葉にできないほど苦しいものだった。

土曜の夜、喧噪に満ちた〈ハイ・ジンクス〉でウェイトレスをしているとき、心の痛みを無視するのは、ずっとたやすい。とにかく忙しすぎるのだ。午前二時の店の一番のかき入れ時ともなるとラウンジは大賑わいで、イアンのことも絵のことも、考えることはもちろん、後悔する暇もなかった。ハイ・ジンクスは数多くのバーが集まるウィッカーパークのバックタウンでも、とりわけ最後の砦として人気を集め、都会で専門職に就く若者や年のいった学生を相手に大繁盛していた。多くの店が、午前二時、三時、四時と閉店になるなか、土曜の夜は五時まで店をあけて、夜通しのパーティや、どんちゃん騒ぎを楽しむ人々の接客にあたる。フランチェスカにとって土曜日は、へとへとに疲れ、忍耐を試される日と言ってよかったが、できるだけこの曜日を勤務日に入れるようにしていた——何しろ平日の夜の三倍のチップが手に入るのだ。

ウェイトレスの待機場に盆を置いて、店主のシェルドン・ヘイズに大きな声でオーダーを伝える。しょっちゅう気むずかしい顔をしていながら、時としてテディ・ベアのようにかわいらしい面を見せる店主自ら、今夜はバーテンダーを務めている。

「アンソニーに言って、もうこれ以上お客さんを入れないように、ドア口でとめてもらわないと」ガンガン鳴っている音楽と客のざわめきに負けない声でフランチェスカが言う。「もうほとんど限界」

待機場に常備してあるクラブソーダを一口飲んでから、バーカウンターに身をのりだすと、シェルドンが手を振って彼女を招き入れた。何か重要な話でもあるようだった。

「ひとっ走りして角の店に行ってくれ。棚にあるレモンジュースを一瓶残らず買ってきてほしい」大声で店主が言う角の店というのは、一晩中あいている近所のコンビニエンスストアだった。「マードックのばかやろうが、レモンジュースの注文を忘れやがった。そういうときに限ってサイドカーの注文が殺到する」

フランチェスカはため息をついた。足はすでに棒のようになっていたから、五ブロックも歩くのは正直勘弁してほしかった。それでも……すがすがしい秋の空気を数分でも吸って、大音量の音楽に疲れた耳を休ませられると思えば……。

シェルドンにうなずいて見せ、エプロンをはずす。「わたしの持ち場を見てもらえるよう、キャラに言ってくれる？」

シェルドンはうなずき、自分がすべて面倒を見るから心配ないと顔で教える。レジから二十ドル紙幣を数枚つかんで渡されると、フランチェスカは込み合う客のあいだをすり抜けるようにして外に飛びだしていった。

コンビニエンスストアの棚にはたった四本しかレモンジュースが残っていなかった。眠たげな顔の店員がなんとか立ちあがり、倉庫をさがしてもう一本瓶を出してきてくれた。数分後、買ったものをかかえてハイ・ジンクスへもどっていく途中、車や鉄道の駅に向かう人々で歩道がごった返しているのが目にとまった。これだけの人がいったいどこから流れてくるんだろう？　わけがわからない気分で歩いていき、ハイ・ジンクスがあるブロックにたどりついた。角に立っていると、店の中から数十人の客が出てきて、それからすぐ重たいドアが閉まった。

「ハイ・ジンクスで何があったの？」通りかかった三人組の男に訊いてみる。

「倉庫で火事」ひとりが言った。安全対策のために、どんちゃん騒ぎを途中で打ち切られたのが不服らしく、ふてくされたような口調だった。

「なんですって？」大声で訊きかえしたが、男たちはすでに目の前を過ぎて先へと歩いていった。フランチェスカはあわてて店へ走っていった。煙の臭いもしなければ、サイレンの音も聞こえない。フランチェスカはドアをあけて、店内をのぞいたが、用心棒のアンソニーの姿はどこにも見えない。

人っ子一人いない。

店の入り口で立ち尽くし、あっけにとられてあたりを凝視した。二十分前には客でぎっしり埋まっていたバーカウンターが、いまはからっぽで、しんと静まっている。空想と現実のあわいに入りこんでしまったのだろうか？

バーカウンターの向こうで何かが動いた。ぎょっとしたのもつかのま、シェルドンが落ちついた様子でグラスを磨いているだけだった。

「シェルドン、いったいどうなってるの？」近づいていきながら訊く。奥の倉庫が危険なほど燃えているなら、彼が平然とした顔で立っているはずがない。

シェルドンは顔を上げ、フランチェスカの顔をちらっと見てから、ビールグラスをカウンターに置いた。「きみが無事もどってくるまで、待っていた」言って、タオルで手を拭く。「事務所のほうにいるよ。ひとりでいたほうがいいだろう」

「えっ、どういうこと――」

シェルドンは説明がわりに、彼女の肩越しに向こうを指さした。フランチェスカは急いで振り返り、そのとたん凍りついた。ひとつのテーブルを前にイアンがすわっていて、長い脚を胸の前にかかえている。そこは大きな仕切りの陰になっていて、入ってきたときには見えなかったのだ。例によってフランチェスカの心臓が激しく鼓動する。驚きながらも、イアンがジーンズ姿で、あごに無精髭が目立っているのに気づく。ふだんの彼とは別人のようで、ちょっとむさ苦しく、危険な匂いがぷんぷんと漂って……たまらなくセクシーだった。今夜も、ひとりで通りを歩いていたのだろうか？

視線でフランチェスカを射すくめながらも、彼は落ちついた様子で待っている。

「ふたりだけで話したいそうだ」シェルドンがフランチェスカの後ろからそっと言う。「それも、〝たっぷり〟に違いない。きみにその気がなかったとしたら申し訳ないが、ああいう種類の男に、俺はノーと言えないたちでね」

「ノーと言えないのは、彼のお金にでしょ」フランチェスカは声をひそめながらも辛辣に言い、不安といらだちに舌が焼けるような気がした。何をしにここへやってきたのか？　放っておいてくれれば、まもなく忘れられるはずだったのに。店を閉めるような面倒を起こしてまで、わたしと話したいなんて、この人はまともじゃない。

いつまで経っても、おまえには彼を忘れられない――頭の中で響く声に、冗談はやめてよと言い返しながら、レモンジュースの入った袋をカウンターに置いた。フランチェスカににらまれたシェルドンは、〝だってしょうがないだろう？〟と言うように気弱な目を向けてから、事務所へと去っていった。一番の稼ぎ時に店を閉めさせるのに、イアンがどれだけの金を店主に払ったのか、フランチェスカには想像するしかなかった。

袋からレモンジュースの瓶を取りだして、一本一本、時間をかけて並べていきながら、首筋に彼の視線を痛いほど感じる。居心地の悪いまま、少しぐらい待たせたっていいだろう。何でも好きなときに即手に入ると思ったら大間違いだ。

それにしても、わたしと話すという、ただそれだけのために店から人払いをするなんて。

頭の中で興奮して騒ぐ声を努力して静める。とにかく相手を避けるしかないと思い、ゆっくりと振り返って彼に歩みよっていく。

「しもじもの者が集う店で、遊びたくなったのかしら？　バーのウェイトレスに給仕されるのも抵抗はないと、それを示すためにこんなことをしたんだとしたら、ちょっとやりすぎじゃありません？」近づいていきながら、皮肉たっぷりに訊く。

「きみに酌をしてもらいに、ここにやってきたんじゃないよ。今夜はね」

その持ってまわった言い方がしゃくに障って、フランチェスカは彼とまっすぐ目を合わせた。こうやってつっかかっていけば、相手が面白がるのはわかっていたのだが。しかし今夜のイアンはいつもと違って、目に疲れが浮かんでいる……屈服した証拠だろうか？　イアン・ノーブルが？

「すわってくれ」そっと言う。

フランチェスカは腰を下ろし、ふたりはしばらくのあいだ、だまっておたがいの顔を見ていた。フランチェスカの頭の中では無数の疑問が高速で駆けめぐっていたが、それを表に出さないようにした。常識外れのことをしたのは彼のほうだ。何百人という客を店から追い出し、自分が会いたいと思った瞬間に女と会うために、店を閉めさせた。そこまでやったのだから、沈黙を破るのも自分でするべきだ――わたしはいやだ、とフランチェスカは思う。

「どうしようもなかった」イアンが切りだした。「きみを傷つけるだろうことはわかっていた。結局軽蔑され……脅えさせるかもしれないと、そうも思った。それでもきみのことを考えると、もうだめだった。きみを自分のものにしなきゃいけないと思った。完全に、いついかなるときでも……どんな代償を払ってでも」

フランチェスカの神経は張り詰め、自分の心臓の鼓動を聞きながら、気をしっかり持とうと頑張る。あれだけ激怒した相手を、まだ自分は欲している。これは呼吸と同じように、生物として逃れられない反応なのだろうか？

「わたしは売り物じゃありません」

「わかっている。代償というのは金じゃない」

「どういうこと？」

イアンは身をのりだして、テーブルに腕を置く。濃紺のコットンのTシャツは袖が短い。ロレックスはない。彼の大きな手と筋肉質の腕を初めて見たときの興奮が、まざまざとよみがえる。いまだってそうだ。それをつかってどんなことができるかを知っているから、前以上に興奮する。「ときみに関するかぎり、ぼくはわれを忘れてしまうらしい。実際、今夜こんなところに来てしまっていること自体、それを証明している」思い詰めた顔で言い、射るような目で彼女を見つめる。「きっときみを傷つけてしまう」

「わかったようなことを言わないでください」言い返しはしたが、フランチェスカは彼の言うことが正しいような不安を覚える。「わたしが傷つくと、どうしてそんなに自信たっぷりに思っているんですか？」

「理由はたくさんある」あまりにも確信めいて言うので、フランチェスカの不安がまた一段と高まった。「ひとつはすでに言ってある——ぼくは支配欲のかたまりだ。ノーブル・テクノロジー・ワールドワイドを公募増資に付したとき、ぼくにCEOにならないかという話が持ちあがったのは知っているね？」彼が資金を出して設立したのち、ほかへ売却し、大きな成功を収めたソーシャルメディア会社のことを言っている。「非常にうまみのあるポジションだったが、ぼくは断った。なぜだかわかるかい？」

「なぜなら、理事会があなたの決定に拒否権を行使できるというのが耐えられなかったから」いらだちを覚えながらフランチェスカは言う。「いつでも自分が完全な支配権を握っていたい、そうですよね？」

「そのとおり。思った以上にきみは呑みこみが早い」苦々しく思っているくせに、このうれしそうな笑みはなんだろう？「もうひとつ、きみに知らせておくべきことがある。ぼくは一度ヴァージンの女性を相手にしたことがある。彼女が妊娠したので、結婚することになった。さんざんな目に遭ったよ。彼女はぼくに支配されるのが耐えられなかった。寝室でのことだけを言っているんじゃない。もちろんそれも最悪だったがね。彼女はぼくを、たちの悪い変質者と思いこんだ」

フランチェスカはびっくりして口を半びらきにした。嘘いつわりのない事実なのだろう。彼はとことん思い詰め、怒っているような表情だった。

「それで赤ちゃんは？」イアン・ノーブルの人生の思いがけない情報の一片に、フランチェスカの脳がこだわった。

「エリザベスは流産した。彼女によれば、それもぼくのせいらしい」

フランチェスカは目をみはった。彼の表情からは相手への侮蔑がうかがえ、目に苦悶がちらついているのがわかる。エリザベスの言い分が間違っていることを訴えたいのだろう。それでも……。フランチェスカにはかすかな疑いが残る。

「結婚生活も終わりに近づくと、彼女はぼくを恐れるようになった。きっとぼくを悪魔の化身だと思っていたに違いない。まあそういう一面もたしかにあっただろう。だが、ひと言で言えば、当時のぼくは何もわかっていなかった。二十二歳のぼんくらだったたんだ」

「そしてわたしは二十三歳のぼんくら」フランチェスカは言った。

イアンがぽかんとした表情になり、額に皺をよせた。なんのことを言っているかよくわかっていないのだろう。きっと彼はいまの言葉を、わたしの了承だととったに違いない。ばかなことを言わなきゃよかった。フランチェスカは後悔するが、もう遅かった。

イアンが口元を引き締めた。「はっきりさせておこう――ぼくはきみを性的に自分のものにしたい。完全に。ぼくのしたいようにする。かわりにぼくはきみに、快楽と経験を授けよう。それだけだ。それ以外に、ぼくがきみにやれるものはない」

期待すると同時に恐れていたことが、彼の口から吐きだされ、フランチェスカは苦しげに息を呑む。「まるで悪魔払いをするために、それをしようという口ぶりですね」

「まあ、そういうことだ」

「あまりうれしい言葉じゃありません」心の底から傷ついていながら、軽くすねて見せるだけにとどめる。

「ここに来たのは、きみをうれしがらせるためというわけじゃない。ぼくはできるかぎり豊かで実のある経験をきみに授けるつもりだが、だからといって、きみをうれしがらせるために、心にもないことを言うつもりはない。かえってそれはきみに失礼だ」声をひそめて言う。

「つまり、あなたの欲望が存分に満たされた時点で、その関係は終わると？」

「ああ。あるいはきみの欲望が満たされた時点で、とも言える」

「それにはどれだけかかるの？　一晩？　それとも二晩？」

イアンは酷薄な笑みを浮かべた。「ぼくの中から、きみを完全に追い出すには、もっと長くかかるんじゃないかな。そう簡単にはいかないさ。だが、それについても、ぼくのほうで確約はできない。わかるね？」

心臓が肋骨を突き破って外に飛びだしそうだった。まるで自分の体内で起きている戦いの最前線に、心臓がずっと立っていたかのように。案の定、まずい展開になってしまった。わかっていたはずなのに。でも……。

「はい」心臓の鼓動が乱れ、緊張でがんじがらめになる。

「じゃあ、この契約を了解したということだね？」

「はい」わたしは自分が何をしようとしているか、わかっているのだろうか？

「ぼくの顔を見なさい、フランチェスカ」

フランチェスカは顔を上げ、ついでに挑戦的にあごをついと持ちあげた。その顔にイアンがさぐるような視線を走らせる。「前に言ったはずだよ。怒りに任せて判断しちゃいけない」

その言葉がかえってフランチェスカの怒りに火をつけた。

「わたしが幼稚すぎて、正しい判断ができないと思っているなら、いちいち訊いてこなければいいじゃありませんか」嚙みつくように言った。「こちらが出した答えをどう受け取ろうと、あなたの勝手。とにかくわたしの答えはイエスです」

イアンはつかのま目をつぶった。

「わかった」一瞬ののち、落ちついて言った。そのわずかにあいた間《ま》で、彼が胸の内のあらゆる葛藤と戦っていたのがフランチェスカには見えるようだった。「じゃあ、これで話は決まった。ぼくは月曜日の午前にパリで重要な会議に出ないといけない。遅刻は厳禁だから、朝一番に発とうと思っている」

「わかりました」いきなり話題が変わったのにとまどった。「それじゃあ……もどられてから、会いましょう」

「そうじゃない」イアンは立ちあがった。「話が決まったとなれば、ぼくはもう待っていられない。いっしょに来てほしい。二、三日、時間をとれるかな？」

「えっ……ええ。月曜日には授業を入れていませんが、木曜日にひとつ入っています。

うそ……ほんとうに？

だけど一回休むぐらいならだいじょうぶかと」

「よかった。明日の朝七時にきみの家に迎えにいく」

「どんな準備をしておけば？」

「パスポート。持っているよね？」

フランチェスカはうなずく。「大学四年のときに、パリで数か月勉強しました。まだ期限切れにはなっていません」

「じゃあ、パスポートと、きみの身ひとつでいい。必要なものは、ぼくのほうで全部用意しておく」

相手が実務的にてきぱきと話すのを聞きながら、フランチェスカは息が切れそうに焦っている。「出発時間を遅くすることはできませんか？　そろそろ午前三時になります」

「だめだ、七時に。スケジュールが決まっている。きみは飛行機の中で寝ればいい。ぼくのほうはどっちみち空の上でも仕事をしなくちゃいけない」立ったまま、イアンはフランチェスカの顔をちらちらうかがう。固い表情がわずかに和らいだ。「飛行機に乗ったらすぐ寝るんだな。疲れ切った顔をしている」

あなたも、と言おうとしたところ、イアンの顔に元気がもどっているのに気づいた。話をはじめたばかりのときは、あんなに疲れた感じだったのに、それがすっかり消えてしまったみたい……。

自分が支配権を握ったからだ。

「さあ、来なさい」

落ちついた威圧的な声にフランチェスカの息が肺の中で凍った。もう逃げはしないと、ついさっき承諾し、それを彼は知っている。この人はさっそく、自分は支配する側にあることを証明したいのだろうか？

フランチェスカは立ちあがり、ゆっくり彼に近づいていった。イアンは手をひらいて、彼女のアップに結った髪を指で梳く。フランチェスカの顔にゆっくりと視線を這わせ、何を思ってか、ダーク・エンジェルの瞳が濡れたように光っている。

イアンは頭を下げ、彼女の口を自分の口でふさいだ。下唇を噛んでやると、フランチェスカが口をひらき、あえいだ。イアンの舌がすべりこんできて、フランチェスカの性器がかっと熱くなる。ああ、これ。この感覚を待ち望んでいた。欲望の熱にフランチェスカの分別は溶けてなくなる。ぞくぞくと、これまでに感じたことのない、切羽詰まった欲望が刺すように襲ってきて、緊張した筋肉を素手ではたかれるような心持ちを覚える。

しばらくして彼が頭を上げたとき、彼女の腿のあいだは濡れて熱くなっていた。

「知っておいてほしい」彼女の震えて感じやすくなっている唇のそばで言う。「がまんできるなら、そうしていた。数時間後にまた会おう」

フランチェスカはまともに息ができず、その場に立ち尽くしているうちに、彼が出ていって店のドアがバタンと閉まった。

6

フランチェスカはベッドに入っても、まったく眠れなかった。興奮が募るばかりで、とても寝る気分にはなれなかった。目覚ましが鳴る前に起きだして、コーヒーを淹れて飲み、シリアルを少し食べてから、シャワーを浴びた。クローゼットをのぞきこんだとたん、がっくり落ちこむ。イアン・ノーブルとの休暇には、いったいどんなものを着ていけばいいのか？

それにふさわしい服などどこをさがしてもないに決まっていたから、結局お気に入りのジーンズに、ブーツ、タンクトップ、顔色がよく見える灰緑色のチュニックという格好に落ちついた。洗練されているとは言えなくても、着心地はよかった。たっぷり時間をかけて長い髪をストレートにブロウし――彼女はめったにしないことだった――マスカラとリップグロスをつける。すべて完了すると鏡をじっとにらみ、肩をすくめてから、バスルームを出ていった。

これでよしとするしかない。

身ひとつでいいとイアンには言われていたが、ダッフルバッグにはパスポートのほかに、下着、着替え、ジョギングウェア、洗面用具を入れた。バッグを玄関に置いてから、キッチンへ入っていくと、デイヴィとケイデンがテーブルを前にすわっていた。デイヴィはいつでも早起きで、日曜日も例外ではない。しかしケイデンが早起きとはめずらしい。そういえば彼は仕事のプロジェクトを終えるために、今週末は夜遅くまで働いていたのだった。

「よかった、ふたりに会えて」フランチェスカは言って、またコーヒーを一杯淹れた。もう飲まないほうがいいのはわかっている――数分後にはイアンがここに姿を現すことを考えて、すでに胃が痛くなっていたのだから。「二、三日家をあけるの」そう言って、ふたりに顔を向けた。

「アン・アーバーへ行くのかい?」ケイデンが言って、シロップでべちゃべちゃになったワッフルにフォークを入れた。フランチェスカの両親がミシガン州のアン・アーバーにいる。

「違うの」フランチェスカは言って、デイヴィの不思議そうな視線を避ける。

「じゃあ、どこ?」デイヴィが訊く。

「えっと……パリ」

ワッフルを食べていたケイデンの口がとまり、目をぱちくりさせた。玄関のドアを小気味よくノックする音が響いて、フランチェスカははっとする。コーヒーカップをカウンターの上に音をたてて置くと、あふれたコーヒーが手首にかかった。

「もどってきてから、話すわ」デイヴィにそう言って、タオルで腕をふき、キッチンからじりじりと出ていく。

デイヴィが立ちあがった。「ノーブルといっしょかい？」

「そう」認めたことで、どうして気がとがめるのだろうとフランチェスカは思う。

「じゃあ、できるだけ早く連絡をくれ」デイヴィがきっぱりと言う。

「わかった。明日には電話をするわ」フランチェスカは請け合った。

キッチンを出ていくとき、最後に目に入ったデイヴィの心配そうな表情が気になった。弱ったな。彼があああいう顔をしているのは、たいていの場合しかるべき理由があるのだ。

ひょっとしてわたしは、人生でもっとも愚かな選択をしたのだろうか？

ドアを勢いよくあけた瞬間、デイヴィのことも、愚かな選択のことも、頭から消え去った。イアンが玄関先に立っている。濃紺のスラックスに、白いボタンダウンのシャツ。シャツの襟元はあいていて、カジュアルなフード付きのジャケットをひっかけている。洗練の極みではあったが、少なくともふだんのように、非の打ち所のないスーツ姿ではなかった。こちらの服装に合わせようと考えたのだろう。

「準備はいいかな？」イアンは言い、青い瞳で彼女の全身をさっと見た。

フランチェスカはうなずいて、ダッフルバッグに手を伸ばしたものの、途中で手をとめ、「何を着たらいいのか……わからなくて」と言い訳しながら、うしろ手でドアを閉めた。

「それは心配しなくていい」イアンが言って彼女のバッグを受け取った。あとについて階段を下りていくフランチェスカを、イアンがちらっと振り返った。めったに見られない笑顔が浮かんでいたので、フランチェスカの心臓が飛びはねた。「きみはパーフェクトだ」

褒め言葉にフランチェスカの頰は熱くなったが、彼がすぐに前を向いてくれたのがありがたかった。イアンはフランチェスカを運転手に紹介する。ジェイコブ・シュワルツはヒスパニック系の中年男性で笑顔が素敵だった。ジェイコブはすばやくフランチェスカの荷物を受け取ってトランクにしまい、イアンが彼女のために車のドアをあける。フランチェスカはソファのようなシートにすべりこみ、エレガントなリムジンの豪華な内装に見とれた。一番印象的だったのは、ふっくらとしてバターのように柔らかいシートの感触と匂いだった。革の匂いと、イアンの身体から発散されるスパイシーな男の匂いが混じり合っている。備え付けのテレビのモニターには電源が入っていないかわりに、ふたつの革のシートのあいだに置いてあるテーブルの上にイアンのノートパソコンがひらかれていた。立体音響再生方式《サラウンド・サウンド》のステレオからクラシック音楽の落ちついた音色が響いている。バッハのブランデンブルク協奏曲だと、数秒して気がついた。まさにイアンにうってつけの曲。数学的と言っていいほど正確でありながら、極めて情熱的なところが彼と似ている。よく冷えた、フランチェスカの好きなブランドのクラブソーダがあけたばかりで、テーブルのパソコンのそばに置いてある。

イアンはジャケットを脱いでから、フランチェスカの向かい側のシートに腰をすべりこませた。

「よく眠れたかい？」シートに腰を落ちつけて、車がなめらかに発進したところで、イアンが訊いた。

「少し」嘘をついた。

イアンはうなずきながら、すばやく彼女の顔に目を走らせる。「かわいい。そのヘアスタイル、ぼくは好きだ。ふだんはおろしていないよね？」

フランチェスカの頬がまた熱くなる。今度は恥ずかしさからだった。「ものすごく時間がかかるので」

「髪が多いからね」イアンは言い、口元にかすかな笑みを浮かべた。おそらく彼女が頬を赤らめたのに気づいたのだろう。「心配しなくていい。文句を言うつもりはない。どんな髪型にしようと、ぼくはその一房一房が大好きだ。仕事をしても、かまわないかな？」いきなり渋い口調になって言った。「ここでも、飛行機の中でも、できるだけ仕事を進めておいたほうが、向こうへ着いたときに、きみに完全に意識を集中することができるからね」

「ええ、かまいません」答えながら、いきなり話題が変わったのにとまどっていた。

仕事をしてもらってけっこうだった。彼の猛烈な集中力がほかに向けられるのを傍で観察できるのはうれしかった。眼鏡をかける人だった？　イアンが流線型のしゃれた眼鏡をかけるのをじっと見守る。指がキーボードの上を飛ぶように移動する。これを目の前で見せられたら、優秀な重役補佐もさぞや悔しがることだろう。不思議だ……あんなに大きく男らしい手が、流れるように動いて、寸分の違いもなく狙ったキーをタッチするなんて。

もうじきあの手をつかって、セックスをする。信じられない気持ちだった。初めての恋人がイアン・ノーブルだなんて。

濃厚な快感が下腹部と性器にたまっていく。冷えたクラブソーダをぐっと飲んで、無理やり窓の外に意識を向けた。頭の中で無数の疑問がわいわい騒いでいるのがわかる。高架道路を通過して数マイル進んでインディアナ州に入ったときには、もう耐えられなくなった。

「イアン、どこへ向かっているの？」

ふいに顔を上げたイアンは、深いトランス状態から目覚めたような感じで、窓の外にちらっと目を向けた。

「ぼくの飛行機が置いてある小さな飛行場へ。もうすぐだ」言って、キーをいくつか叩いてから、パソコンを閉じた。

「飛行機を持っているの？」

「ああ。旅行が多いし、咄嗟《とっさ》に出かけたくなることもある。飛行機は必須だ」

たしかに。この人は待つことを潔しとしない。

「今夜パリで、きみに見せたいものがある」

「なんですか？」

「びっくりさせてあげるよ」形のいいふっくらした唇が小さな笑みをつくる。

「びっくりするのは好きじゃありません」言いながら、彼の口から目をそらせない。

「これは好きだと思う」

見あげると、彼の目に面白がるような光がはじけ、それとはまた違う……白熱した感情が仄見《ほのみ》えた。イアンがわたしの好みをきっぱり断言した、急にそれが正しいような気がしてくる。

いつもそうだ。

数分後、窓の外を見てフランチェスカは口をあんぐりとあけた。「イアン、どうしようっていうの？」ジェイコブが傾斜路を車であがっている。

「飛行機の中へ入る」

タールマック舗装の小さな空港にとめてある流線型のジェット機の中へ、車が入っていく。まるで巨大な魚の腹に呑みこまれるヨナ(聖書に登場する預言者)のような気分だった。「こんなことができるなんて」

フランチェスカが驚愕して目をみはるなか、イアンは低い笑い声を漏らし、そのざらついた声にフランチェスカの首筋から両腕にかけて鳥肌が立った。テーブル越しにイアンが手を伸ばしてきて、自分の隣にフランチェスカをひきよせた。彼女のあごに手を置いて持ちあげると、顔をさっと近づけて下唇を自分の唇で挟む。そのうち彼はうめき声をあげ、欲望をなだめるつもりのキスが、むさぼるキスになっている。

運転席のドアが閉まる音がして、イアンは頭を上げた。車は完全にとまっていた。フランチェスカは予想もしないキスに半ば放心状態になって、彼の顔をじっと見あげている。

ジェイコブが窓を叩き、ドアをあけると同時に、イアンは身をのりだしてブリーフケースをつかんだ。フランチェスカは彼のあとについて車を降りる。ぼうっとしていながらも期待に胸がはずみ、たまらなく興奮している。

こんなジェット機は見たことがない。エレベーターで二階へあがっていくと、ホームバーのついた豪華な部屋に出た。娯楽設備と収納棚が完備されていて、革のソファがつくりつけになっている。それとはべつに、見るからに上質なゆったりと大きいリクライニングチェアが四脚置いてあり、窓には贅沢なカーテンがかかっている。言われなければ、ここが飛行機の中だとは絶対に信じなかっただろう。

イアンに手を握られながら、部屋の中へ入っていく。

「何かお飲みに？」イアンが丁重に訊いた。

「ありがとう、でもけっこうです」

テーブルを挟んで向きあった二脚のリクライニングチェアをイアンは選んだ。

「そこにすわって」そう言って左側の椅子をあごで指す。「寝室もあるんだが、きみにはここで休んでもらいたい。椅子は完全に倒すことができるし、あそこの引き出しに毛布や枕が入っている」言って、つやつやしたマホガニーの娯楽設備を指した。

「寝室が？」フランチェスカは言ってから、自分の言葉に奇妙な恥ずかしさを覚えた。

イアンは自分の椅子に腰を下ろすとすぐ、パソコンとブリーフケースに入っていたファイルをいくつかひっぱりだした。「ああ」ぼそりと言ってフランチェスカを見あげる。「しかしきみにはぼくの目が届くところで眠ってほしい。どうしてもというなら、もちろん寝室をつかってもいい。ほらあそこだ」言ってマホガニーのドアを指さす。「それにバスルームも、必要ならいつでもつかってくれてかまわない」

相手の言葉に固唾を呑んだのを知られたくなくて、フランチェスカはよそを向く。しばらくしてから、柔らかな毛布と枕を引き出しからひっぱりだし、それらを持ってもどってきた。彼は何も言わなかったが、パソコンを起動させるあいだ、ほんのり笑っているのがわかった。

フランチェスカは腰を下ろし、リクライニングチェアのアーム部分にある調整パネルをにらみ、どうやって背を倒すのか考える。それからやってみた。

「なんですか？」イアンがパソコンのモニターに目を落としたまま言う。

「フランチェスカ？」調整パネルのボタンから指をはずす。

「服は脱いでほしい」

しばらくのあいだ、彼女はだまって前方をにらんでいた。心臓の鼓動が耳の奥で聞こえる。そうやって固まっているのがわかったのか、イアンが顔を上げた。落ちついていて、予期していたという顔だった。

「寝るときは上から毛布を掛けてもかまわない」

「じゃあどうして服を脱ぐ必要があるんです？　どうせ隠れてしまうのに？」わけがわからない。

「いつでもきみを好きなようにできると、知っておきたい」

性器から熱い液があふれだした。どうしたんだろう。相手の二言、三言に反応して、これほど興奮するなんて、わたしも彼と同じぐらい性的に倒錯しているのかもしれない。

震える脚でゆっくり立ちあがり、フランチェスカは服を脱ぎはじめた。

イアンはパソコンのキーを叩いて、詳細なメモを直属の部下に送った。この五分のうちに、五十回は、毛布の下に丸まっている女性らしい形に目を走らせている。毛布がかすかに上下する、その動きを見ただけで、まだフランチェスカはすやすや眠っていることがわかった。いまから五時間ほど前、彼女がとうとう眠気に屈した瞬間を、彼は数秒の誤差で正確にとらえていた。それぐらい彼女のことを意識していた。集中できずに困ると言ったところで——もし困ればの話だが——自分以外に誰も責められない。服を脱げと言ったのは、ほかでもないこの自分だ。催眠術にでもかかったみたいにぼうっとすわって、彼女が一枚一枚服を脱いでいくのを見ながら、口の中がからからに渇き、心臓の鼓動がペニスの先端まで伝っていくのを感じていた。

伏し目がちの目とピンク色の頬。輝くばかりに美しいロングヘアが細いウエストで揺れるなか、前に張り出した乳房では肉感的な乳首がぷっくりしていた。形のいい脚はどこまでも長くしなやかで、あれにしゃぶりつきたいと、男ひとりを泣かせるのに十分な魅力にあふれていた。もっと始末に負えないのは、腿のあいだにけぶる、ほんのり赤みを帯びた金色の陰毛だ。見るからに柔らかそうなそれは、うっすらまばらに生えているため、ふっくらした肉びらと割れ目がはっきり見えて、またもや彼のペニスで血管が激しく脈打つ。ふだんから頻繁にこの映像を頭に浮かべて慣れていたから、この五時間は、なんとか勃起を抑えていられた。

今夜まで触れるのはお預けというのは、拷問に等しいが、今回は彼女にとって特別な経験にすると誓っていた。いま触れながら、自分のものにできないとなれば、もっとつらいだろう。イアンは眼鏡を乱暴にはぎとって立ちあがった。

甘美な拷問だと思えばいい。彼はそういう苦しみには慣れていた。

フランチェスカの寝ている隣に腰を下ろす。横向きになって、こちらに顔を向けており、その顔は眠っているときでも穏やかで愛らしかった。ふだんは瑞々しいピンク色の唇が、いまは暗い赤みを増している。イアンのペニスがぴくんと跳ねて、ボクサーショーツの布がぴんと張った。ひょっとして彼女は眠りながら欲情しているのではないか？

彼女の肩にかかった毛布をつかみ、そっとはがしていく。少しずつ少しずつ、自分をじらしながら、輝くばかりに美しい肢体をあらわにしていき、とうとう膝まではがした。案の定、乳首が硬く勃起している。イアンはしてやったりと笑みを漏らした。フランチェスカのように純真な女が、眠りの中でどんな卑猥な夢を見ているのか？　全身に視線を泳がせたあとで、白い腿のあいだにある、きれいに切りそろえられたストロベリー・ブロンドの茂みに目が落ちつく。割れ目で光っている、あの水分は？　いや、思い過ごしに決まっている……数時間にわたって抑えてきた欲望が自分勝手な妄想を描いているのだ。

平らな腹部のなめらかな肌の上に手のひらを置いてみる。以前は太っていたと言っているが、そんな形跡は微塵も残っていない。成人前の肥満は、ストレッチマークも残さないのだろう。完璧としかいいようのない肌だった。眠っているフランチェスカがかすかに身じろぎをし、一瞬顔が緊張する。それからふうっとため息をつき、また深い眠りにもどっていった。なめらかで温かい肌の上をイアンの手が下へとすべっていく。絹のような陰毛のあいだに指をすべりこませ、毎晩のように頭に浮かべて欲情した、あのひだのあいだに指をもぐりこませる。

イアンの口から満足したようなうめき声が漏れた。妄想ではなかった。指に彼女のジュースがまとわりついている。指を動かしてクリトリスをさぐりあてると、指先でくすぐって、彼女を深い夢の淵から呼び覚ます。一瞬手をひらいて外陰部をすっぽり包むと、刺すような興奮がペニスを襲った。温かく濡れていて、神々しいまでに美しい割れ目だった。

イアンがじっとその顔を見守っていると、フランチェスカが目をあけた。依然としてイアンの指が彼女のクリトリスを刺激するなか、ふたりはただ見つめあう。フランチェスカの頬とふっくらした唇に新たな赤みが差してくる。

「いつでも好きなようにできるというのは、このこと？」まだ眠気の抜けない、低く、ぼんやりした声でフランチェスカが言う。

「たぶん。きみのプッシーのことが頭から離れない。そこに好きなだけ埋もれて過ごす時間が来るのが待ち遠しい」そう言って、彼女のクリトリスにさらに力を加えていき、魅了されたように相手の反応を観察する。フランチェスカはあえぎ、肉厚の下唇を歯で嚙んだ。なんということだ。彼女を楽しみ尽くそうと思ったら、男は命を落としかねない。フランチェスカは永遠に終わらない快楽の祭りだ。ゴージャスな肉体に、男を堕落させる快楽をぎっしり詰めこんだ、途方もない女だった。

「仰向けになってごらん」言いながら、指は依然として、クリームのようになめらかな陰唇に様々な刺激を加えていく。彼女の顔を一心に見つめながら、指の微妙な力加減で、反応がどう変わるか、研究し尽くそうと言わんばかりだ。身体を仰向けにするときも彼の指はそのまままついていった。「さあ脚をひらいて。きみをしっかり見てみたい」欲望を剝きだしにした声で指示を出す。

フランチェスカはほっそりした脚を大きくひらいた。その脚のあいだに目を釘付けにしながら、イアンはリクライニングチェアの調整パネルに手を伸ばし、足がのっている部分を下げていく。ひらいた脚のあいだに身体を入れ、彼女の前にひざまずく。手を離すと、完全に魅了されて、彼女の性器を凝視した。

「いつも女性には陰毛を剃ってもらうようにしている。そのほうが感度が高まるし、ぼくにとっても完全に自分のものにしたという気がする」

「わたしにもそうしてほしい？」フランチェスカが訊くと、イアンは彼女の顔をさぐるように見た。ベルベットのような質感の褐色の目が興奮に光っている。

「きみには何一つ変えてほしくない。これほど美しいプッシーは生まれて初めて見たよ。ぼくはたしかに厳しい要求はするが、かといって完璧なものを下手にいじくる真似はしない」

フランチェスカの喉が収縮し、息を大きく呑んだ。イアンの手が伸びてきて、陰唇を指で大きく広げられる。濡れて輝くダークピンクのひだと、膣へと通じている、つるりとした小さな入り口をあらわにした。それに反応して、イアンのペニスが暴れ、この瞬間自分がどこに収まるべきか、正確に心得ているようだった。その穴に舌をつっこんで、彼女のジュースを自分の喉にすべらせたい。その強い欲求はほとんど渇望といってよかった。

しかし、もしいま彼女を味わってしまえば、それだけでは済まなくなる。火を見るより明らかだった。

しぶしぶ立ちあがり、彼女の隣にゆったりとしたリクライニングチェアを持ってきて、そこにまた腰を下ろした。身をかがめて彼女のひらいた唇にキスをしながら、ふたたびクリトリスを愛撫する。

「気持ちいいかい？」訊きながら、彼女の紅潮した顔に目を走らせる。

「はい」フランチェスカが吐息を漏らすように答えた。ピンク色に染まった唇、頰、盛りあがった乳房以上に、その切羽詰まった声が、彼女の興奮を雄弁に物語っていた。イアンはクリトリスをはじき、すばやく、それでいて優しく、指紋の浮いた人差し指の腹をつかって前後にこすり続ける。彼女があえぐのを聞いて、イアンはにっこり笑う。なめらかな肉びらの中で彼の指が動いているのが、ふんだんなジュースのおかげで音からもわかった。

「きみはじつに感じやすい。この美しい肉体からぼくがどれだけの快楽を呼び起こせるか、一刻も早く試してみたい」

イアンの指がクリトリスを強く、リズミカルにこすっていく。

「ああ……イアン」フランチェスカはあえぎ、腰をよじらせて、骨盤を彼の手に押しつけて、より強い刺激を求める。

「いいよ、フランチェスカ」彼女の口元でささやきながら、息をあえがせる唇を軽く嚙んでやる。「自分には当面禁じているが、きみには許そう。ぼくの手でいきなさい」

イアンが見守るそばで、業火のような快楽がフランチェスカの全身を包み、次の瞬間、しなやかで柔らかな肉体を支えていた緊張が一気に解け、快楽の叫びをあげた。イアンには匂いでわかった——その肌から立ちのぼる、なんとも言えない香気が、クライマックスに達したことを教えていた。イアンはもうがまんできず、彼女の口を自分の口でふさぎ、そのほとんど乱暴といっていい所作で相手のよがり声を黙らせ、彼女の甘い唾液で自分の渇きを静める。

フランチェスカの身体からオーガズムの震えがようやく去っていくと、イアンはさっと口をはずして、彼女の肩と首のあいだに顔を埋め、彼女と同じぐらい激しく息を切らす。しかしすぐ気づいた。この酔っぱらってしまいそうな香りを嗅ぎ続けていたら、屹立したペニスがいつまで経っても大人しくならない。

身を起こして立ちあがり、自分の椅子へ歩いてもどる。

「まもなくパリに到着だ」キーボードを叩きながら、彼女をクライマックスに導いた指が、ふんだんな愛液でまだ濡れて光っているのに気づく。つかのま目を閉じて、あの場面を頭から締めだそうとする。しかしそれは閉じたまぶたの裏に焼きついてしまったようで、いつまで経っても消えなかった。「シャワーを浴びて、寝室で着替えておいで」

「着替える？」フランチェスカは訊いた。

イアンはうなずき、オーガズムの余韻に輝く彼女の裸体に思いきって目をやる。くそ。なんて美しいんだ――ギリシア神話のニンフのような褐色の目。アイルランドの乙女のように白く柔らかい肌。古代ローマの女神さながらの豊満な肉体に獣のように跳びかかっていって、彼女の至高《ヘヴン》の場所にペニスを沈めたいという、黒い欲望に抗えなくなりそうだった。

「そうだ。きみをディナーに連れていく」なんとかそう言った。

「着る物を買ってくださったんですか?」ニンフの目が驚きに大きく見ひらかれる。

イアンは酷薄な笑みを浮かべ、とてつもない精神力を傾注して、仕事に意識をもどした。「きみに必要なものはすべて用意すると言ったはずだよ、フランチェスカ」


フランチェスカは疲れきっていたに違いない。機内だというのに、信じられないほど広く豪華なスイートに足を踏みいれていながら、さほど驚いてもいない。イアンという人間をだいぶよくわかってきたせいかもしれない。彼は何事においても、完璧でないと気が済まないのだ。イアンに言われたとおりクローゼットのドアをあけてみると、黒いニットのイブニングドレスがハンガーにかかっていた。

「リンが言うには、ほかに必要なものは、クローゼットのドレッサーの、一番上の引き出しか、その上に置いてあるそうだ」しばらく前にイアンからそう聞いていた。「パリの今夜の気温は十八・三度で快適、ストッキング類は不要かもしれない」携帯電話を見てそう言ったのは、有能なアシスタントから届いたメールを読みあげているに違いなかった。

つくりつけのマホガニーの引き出しには、黒の精緻なレースでできたパンティとブラのセットがあった。さらにもうひとつ、漆黒のレースでできたものを見つけ、さてこれはなんだろうと思う。ガーターベルトだった。自分のために、リンがこういうものを見繕った、それを思っただけで恥ずかしさが胸にこみあげてくる。ひょっとしてリンは、イアンのためにいつもこういった雑用を引き受けているのだろうか？

引き出しの中に入っていた最後のアイテムに指をすべらせる——絹のストッキング。ベッドルームの閉まったドアに、緊張してちらっと目を走らせてから、ストッキングを引き出しの奥に押しこんだ。おそらくイアンは、こういったものを身につけてほしいのだろう。しかしフランチェスカはガーターベルトやストッキングをどう着用すればいいのかわからない。それに、ストッキング類は不要かもしれないと、リンが言っていなかった？

ドレッサーの上には箱がふたつのっていた——ひとつは紙の靴箱で、もうひとつは革の箱。靴箱の蓋をあけたとたん、口から歓喜の声が漏れた。黒いスエードのたまらなくセクシーなパンプスが薄紙に包まれている。フランチェスカはどう考えてみても靴マニアではない——ランニングシューズは彼女の持っている衣類で一番値が張り、とても大事にしてはいた——それでも結局のところ、ほかの女性と同じ血が彼女の中にも流れていたのだろう、それが証拠に、美しいピンヒールのパンプスをいますぐ履きたくてたまらない。靴のブランドに気づいてフランチェスカは一瞬ひるんだ。この靴一足を買うお金で彼女の部屋代三か月分がまかなえるだろう。

わくわくすると同時に警戒も忘れず、最後に残った革の箱をひらく。黒いベルベットの内張りの中、優雅な真珠の輝きが彼女の目を奪った。二連のネックレスとシンプルなスタッド式のイヤリングは、つやつやと上品な照りを見せて、これだけで品のある装いのお手本ができあがる。

こういったもののすべてが、報酬の一部だと言うのだろうか？　そう考えたら少し胸が悪くなった。一定期間、イアンの意のままになることを承諾したわたしへの？

革の箱を脇に置いて、フランチェスカは急いでバスルームに飛びこみ、身体に巻きつけていた毛布を床に落とす。熱いシャワーでも浴びれば、いつのまにか身体にまとわりついていた、この現実離れした感覚をきれいさっぱり洗い流すことができるだろう。髪を濡らさないよう頭にタオルを巻きつけてから、シャワーの栓をひねった。

数分して、バスルームから出てきたときには、カウンターの上にあった香水入りのローションで肌が輝いていた。高価な衣類とアクセサリーをどうしたものか、まだ心が決まっていない。

「およそ一時間後に到着の予定です。運のいいことに、現地の着陸状況は完璧です」マイクを通した男性の声が聞こえてきて、フランチェスカはびっくりする。しゃべっているのはパイロットで、どこかに設置されたスピーカーから流れてくるのだとわかった。イアンは、自分が購入した衣類をわたしが身につけることを期待している。もし拒否したら、機嫌を損ねるだろう。喧嘩になるのはいやだった。とりわけ今夜は。だいたい、この常軌を逸した試みを自分は承諾したのではなかったか？

彼にとことん触れられたい、その欲望を叶えるために、わたしは悪魔に魂を売ったの？メロドラマのようなことを言う頭の中の声にはとりあわず、フランチェスカは引き出しに向かって歩いていき、シルクとレースでできたパンティをひっぱりだした。

二十分後、フランチェスカは寝室の外へ出ていった。完全に自意識過剰になっていて、セクシーなピンヒールでつまずいて、ぶざまに倒れることが予想できた。近づいていくと、イアンは最初ちらっと横目で見ただけだったが、すぐはっとして目をみはった。それから表情を消して、フランチェスカの頭から爪先まで目を走らせる。

「あ……あの、髪をどうしたらいいかわからなくて」ばかみたいに言う。「プラスチックのクリップがバッグにいくつか入っているのだけど、やっぱりそれは——」

「だめだ」イアンが言って立ちあがった。ハイヒールを履いていても、まだ十センチ近く、フランチェスカのほうが背が低い。イアンが手を伸ばして、おろしたままのロングヘアに指をすべらせる。少なくとも、今朝は髪をまっすぐにブロウし、寝て起きたあとも寝癖はついていなかった。ブラッシングをしたあとは、ブラックのドレスになめらかな髪がよく生えて、つやつやと光った。しかし、いくらファッションに疎いフランチェスカであっても、こういう服を着たら髪はアップにしなければいけないことはわかっていた。「明日、髪をアップにするのに必要なものを揃えよう。今日のところはおろしたままで。これだけ美しい髪なら王冠さながらで、どこへ出しても恥ずかしくない」

フランチェスカは心許ない笑みを浮かべた。イアンの青い瞳が、彼女の胸、ウエスト、腹と視線を下ろしてくるのがわかり、全身が熱っぽくなってくる。どぎまぎしながら、身体にぴったりはりついているラップドレスを見おろす。エレガントなドレスは身体のラインをくっきり表に出して、セクシーさが際立つ――少なくとも自分以外の誰かが着ればの話だがと、胸の内で言い直し、イアンの顔を不安げに見つめる。

満足している？　無表情を決めこんでいる相手の顔からは、よくわからない。

「こういったものを、全部いただくわけにはいきません」そっと言った。「高価すぎます」

「言ったはずだ。この試みにおいて、ぼくはきみにふたつのものを提供する」

「はい……快楽と経験」

「きみの美しさが開花するのを見る、それはぼくにとって大きな快楽だ。きみにとっては、装うということも経験のひとつなんだよ、フランチェスカ」彼女の顔をじっと見ると髪から手を離し、あごにぐっと力を入れた。「素直に楽しめばいいじゃないか？　ぼくは本気で楽しむつもりだ」それだけ言うと、くるりと背中を向けて寝室へ歩いていき、入ってすぐドアがカチリと閉まった。

あれから一時間半、フランチェスカはいま、パレ・ロワイヤルのど真ん中にある老舗レストラン〈ル・グラン・ヴェフール〉の特別席にすわっている。官能的な美術品と享楽的な料理に圧倒された上、今夜起きることへの期待に胸が躍っている。まぶたが半ば閉じられたイアンの強い視線に射すくめられ、口に入れたものを呑みこむのがやっとで、味などわかるはずもなかった。

何から何まで豪華な体験は、ひとつひとつこなしていくだけで、精いっぱいだった。

「ほとんど食べていないじゃないか」ウェイターが前菜の残りを片づけに来ると、イアンがそう言った。

「ごめんなさい」心底申し訳なく思っていた。最高級のビーフをつかったブルゴーニュふうの前菜には、オックステイルと黒トリュフを混ぜたマッシュポテトが添えられていて、この料理にかかっているお金と労力が、あっさりゴミ箱行きになると思うと、それだけで縮みあがってしまう。ウェイターがフランス語で何か問いかけてくると、イアンは優しく答えながらも、視線はフランチェスカから片時もはずさなかった。ひとつたしかなことがある——ジェット機の寝室を出てきた瞬間から、フランチェスカはずっと彼から目を離せなかった。蝶ネクタイを黒いネクタイに替えて純白のシャツを合わせ、ポケットにハンカチーフを挿して、クラシカルなタキシードを現代的に着こなしている。

フランチェスカをテーブルまでエスコートしていくあいだ、高級レストランの客がことごとく、彼に注目していた。

「緊張してる？」ウェイターがさがるとすぐ、イアンが訊いた。

フランチェスカはなんのことか察知してうなずいた。イアンの、先の丸まった長い指が、シャンパングラスの底を丸くなぞるのをじっと見ていると、それだけでぞくぞくしてくる。

「ぼくも同じだと言ったら、少しは気が楽になるかい？」

フランチェスカはまばたきをし、彼の顔をのぞきこんだ。半ば閉じられたまぶたの下、青い瞳が三日月のように光っていた。

「はい」思わず言った。それから間を置いて訊く。「でもほんとうですか？」

イアンは考え深げにうなずく。「だってしょうがないさ」

「どういうこと？」ひそひそ声で訊く。

「きみにたまらなく欲情しているから、ひょっとしたら自制心を失うかもしれない。ぼくはこれまで一度もそんなことはなかったんだよ、フランチェスカ。しかし今夜は自信がない」

淫らな警告に、フランチェスカの全身を期待が駆け抜ける。イアンがセックスに溺れていく、そう考えただけで、どうして身体の中心まで感じてしまうのだろう？　顔を上げて、フランチェスカはびっくりする。ウェイターがもどってきて、自分の前に美しいデザートを、イアンの前に銀のコーヒーセットを置いた。

「エス・キリ・オラ・オートル・ショーズ、ムッシュー？（ほかに何かお召しあがりになりますか？）」

「ノン、メルシ（いや、けっこうだ）」

「トレ・ビアン、ボナペティ（ではどうぞごゆっくり）」ウェイターが言って歩みさった。

「わたし、これは注文していません」フランチェスカは言って、いぶかしげな目をデザートに向ける。

「ああ。ぼくがきみのために注文した。もっと食べないと。エネルギーが必要になるんだからね」フランチェスカは伏せたまつげの下から相手の顔をちらっとうかがう。イアンの顔にかすかな笑みが浮かんでいた。「この店の名物、パレ・オ・ノワゼット（ヘーゼルナッツの妖精）だ。たとえもうお腹がいっぱいでも、これだけは別腹だ。騙されたと思って食べてごらん」やんわりと促されて、フランチェスカはフォークを手にとった。

スポンジ、チョコレート・ムース、ヘーゼルナッツ、キャラメルアイスクリームが、舌の上で溶けあった瞬間、たまらないおいしさに思わず歓声をあげた。イアンはにっこり笑い、フランチェスカもいたずらっぽく笑いかえし、夢中になってもう一口分をフォークに取った。

「フランス語がお上手ですね」言ってから、唇のあいだにフォークをすべりこませる。

「上手でなかったら困る。ぼくは英国の国民であると同時に、フランス国民でもあるんだ。フランス語と英語、どちらが母国語かと問われれば両方だ。ぼくが生まれ育った街ではフランス語が話されていた。母は英国人だけどね」

フランチェスカは咀嚼《そしゃく》をやめて、ミセス・ハンソンの話を思いだす。イアンの祖父母がようやく娘をフランス北部で発見したとき、そこに孫もいた。彼の過去についてもっと聞きたくてたまらない。

「ご両親のことはお話しになりませんね」慎重に言って、またデザートを一口頬ばる。

「きみもそうだ。ご両親と仲はいいんじゃなかったかな？」

「いいえ、あんまり」いきなり話題を振られたのでむっとしながらも、それを表に出さないようにする。「肥満だから、両親が自分を受け入れてくれないんだと、ずっとそう思って生きてきました。だけど、肥満を脱したいまは、両親は結局、わたしという人間が理解できないんだとわかって、以来没交渉です」

「それは残念だ」

フランチェスカは肩をすくめ、フォークをもてあそぶ。「まあ、うまくやってます。たべつに激しく反目しているわけでも、何か派手な事件を起こすわけでもありません。ただ……そばにいるのがつらくて」

「つらい？」イアンのカップが口元でとまった。

「つらいというよりも……気まずい」フランチェスカはフォークを持ちあげて言う。

「ご両親はアーティストとしてのきみの才能を評価していないのかい？」

フランチェスカは一瞬目を閉じて、舌の上でとろけるデザートのおいしさを味わう。

「美術なんてくだらないって。母よりも父のほうがそういう考えなんです」フランチェスカは、最後のひとかけらになっても甘みを全部舌で吸収するよう、よくよく味わってから呑みこんだ。唇にさっと指をすべらせ、ミルクチョコレート・ムースのかたまりを舌先でとらえて味わう。ああ、なんておいしいんだろう。

ちらっと目を上げると、イアンがナプキンをテーブルに置いた。

「よし、そろそろ出発の時間だ」椅子を押して立ちあがった。

「えっ？」いきなりのことにびっくりして訊く。

イアンがフランチェスカの席へまわってきて、椅子から立ちあがるのに手を貸した。

「太ることなど気にするな」きっぱりと言って、彼女の手を取る。「ぼくならきみに、いくらでもチョコレートを食べさせてやりたい」

その言葉を聞いて、フランチェスカの胸に喜びがどっとあふれてきた。おいしいパレ・オ・ノワゼットを口にしたときよりもずっと大きな喜びだった。

「どこに泊まるんですか？」めっきり人がいなくなった暗いサン＝トノレ通りをジェイコブが車で飛ばして数分後、フランチェスカが口をひらいた。空港からレストランへ向かうリムジンの中、イアンはフランチェスカの隣にすわって手をしっかり握っていたが、いまのイアンは向かいにすわって、そっけない態度をとり、陰鬱な顔で窓の外をじっと見ている。

「ホテル・ジョルジュ・サンク。だが、まだそこには行かない」

「じゃあ、どこへ――」

車がスピードを落とした。イアンが窓の外を意味ありげにあごで指す。街区全体に広がってそびえ立つ、第二帝政時代の建築物。その形と派手な装飾を見て、フランチェスカは目を大きく見ひらいた。

「サンジェルマン美術館？」冗談っぽく言ってみる。学部時代にパリで勉強をしたので、ギリシアとイタリアのアンティークを展示する美術館のことはよく知っていた。その美術館はパリ市内にわずかに残る、民間所有の宮殿の中に設けられていた。

「そうだ」

フランチェスカの笑いが唇で消えた。「ほんとうに？」

「ああ、ほんとうだ」落ちついた口調で言う。

「イアン、パリであっても、いまはもう深夜過ぎよ。美術館は閉まってる」ジェイコブがリムジンをとめた。ノックがあって、後部のドアがあけられた。イアンが先に降り、彼の手に支えられて、木立の並ぶ薄暗い通りへフランチェスカが降り立った。フランチェスカがいぶかしげな顔であたりを見あげると、イアンはまた彼女の手を取った。

「心配しなくていい。長居はしない。きみと同じようにぼくも早くホテルに着きたいんだ。いや、きみ以上にと言っていい」声をひそめてつけくわえた。歩道へ彼女をひっぱっていき、幅広の石のアーチの奥につくられたドアへと近づいていく。分厚い木のドアをイアンがノックすると、驚いたことに、髪に白いものの交じった上品な男性がすぐ応対に出てきた。

「ミスター・ノーブル」喜びと敬意の両方がこもったような声であいさつをする。ふたりが中に入ると、男性はドアを閉めて、キーパッドの上に指を走らせた。錠の音がフランチェスカの耳に大きく響く。精巧なセキュリティシステムらしく、緑のライトが点滅しだした。

「アラン、特別な計らいをしてくれて、いくらお礼を言っても足りないよ」イアンが感謝の言葉をのべると、男性が振り向いた。薄暗がりの中でふたりの男は握手をかわし、フランチェスカは白大理石の通路に立って、わけがわからないながらも興味津々であたりを見まわした。

「よしてください。なんでもないことです」男性はひそひそ声で言い、まるで深夜の秘密任務についているかのようだった。

「ご家族は？　ムッシュー・ガロンはお元気だろうね？」イアンが訊いた。

「至って元気なのですが、つい最近部屋の改修がありまして、わたしともども、いきなり違う家に連れてこられた猫みたいな心境です。年を取ると、日常の習慣はおいそれと変えられるもんじゃありません。ストラサム卿はお元気ですか？」

「祖母の話では、膝の手術をしてから、いっそう気が荒くなってかなわないらしい。しかしこういう場合、それも強みであって、順調に快復しているようだよ」

アランは小さく笑いを漏らした。「今度おふたりにお会いになったら、わたしがよろしく言っていたとお伝えください」

「ああ、しかしぼくより先にあなたのほうが顔を合わせることになるだろう。来週ひらかれるポリュグノトス展のオープニングに、祖母が参加すると言っていたからね」

「それはまたなんと光栄な」アランは満面に笑みを浮かべ、掛け値無しにそう思っているのがフランチェスカにもはっきりわかった。アランが礼を失しないよう彼女にそっと目を向けた。その目に、フランチェスカは知性と好奇心を感じた。

「フランチェスカ・アルノ。こちらはアラン・ローラン。サンジェルマンの館長だ」

「ミズ・アルノ、ようこそ」彼女の手を取って言う。「ミスター・ノーブルから、素晴らしい才能に恵まれたアーティストだとうかがっております」

　フランチェスカの全身を温かいものが流れていく。知らないところでイアンが自分を褒めてくれていた。「ありがとうございます。わたしのつくるものなど、あなたが日々ここで接する作品の足元にも及びません。学部時代、パリで過ごしていたとき、ここへ足を向けるのが大好きでした」

「芸術と歴史に触れられるのはもちろん、創作のインスピレーションを得られる場所ですからね」アランはにっこり笑って言う。「今夜イアンがあなたにお見せするものも、きっとほかでは得られない独自のインスピレーションを与えてくれることでしょう。このサンジェルマンにあの方をお迎えできて、わたしどもは心底誇りに思っております」謎めいた口ぶりで言う。「自由にご覧いただけるよう、諸事万端整えてあります。途中で邪魔が入る心配もありませんので、どうぞご安心ください。フォンテーヌブローのサロンに備え付けの監視カメラは、おふたりがいらっしゃるあいだは停止しておきます。わたくしは東の棟におりますので、ご用がありましたらお申し付けください」ムッシュー・ローランが言った。

「いや、だいじょうぶだ。いろいろ世話をかけてすまない。こういう頼みを受け入れてもらうのは、異例のことだとわかっているんだが」イアンが言う。

「特別な理由がなければ、このようなご依頼をなさらないと、わたしどもは完全な信頼

た。
ムッシュー・ローランはじつに自然な調子で軽いお辞儀をし、優雅に歩みさっていっ
「見学が終わったら連絡させてもらう」
を置いておりますから」ムッシュー・ローランはとうとうと答えた。

「イアン、何をしようって言うの？」フランチェスカが興奮してささやくと、イアンは彼女の先に立って歩きだした。ムッシュー・ローランが向かったほうとは反対側の、アーチのかかった薄暗い通路へ入っていく。

イアンはなかなか答えなかった。ピンヒールを履いた足で、彼の大きな歩幅についていくのは大変だった。神々しいばかりの巨大な建物の内奥へとふたりはすばやく入っていき、やがて彼女にも見覚えのある美術品を展示してあるエリアへ出てきた。ギャラリーというよりはサロン形式の美術館だった。貴族の邸宅としてのサンジェルマンの内装はそのまま保存されている。部屋に次々と足を踏みいれて進んでいくと、貴族たちがまだここで暮らしていた十七世紀の時代にタイムスリップしたような錯覚を覚える。豪華でエレガントな調度品と、値段のつけようがないギリシア、ローマの美術品がずらりと並んでいる。

「何かべつの作品をわたしに描かせようというの？　このサンジェルマンからインスピレーションを得て？」

「そうじゃない」彼女のほうを見ずに、先へと歩いていく。大理石の床にフランチェスカのヒールが当たる音が、高い天井と大理石の大きなアーチに反響する。

「何をそんなに急いでるんです？」わけがわからなかった。

「ぼくはきみに、これを体験させてやろうと心に決めた。しかしそれと同時に、一刻も早くホテルできみとふたりきりになりたいからだ」自明のことだと言わんばかりの口調にフランチェスカは何も言えなくなった。だまってサロンを歩いていきながら、左右に次々と立ちあらわれる、じっと動かない彫像を見ているうちに、どんどん現実感が薄れていく。現実感がないような気がしていたのは朝からずっとだが、とりわけ誰もいない、ひっそり静まりかえった宮殿の広間をイアンと並んで歩いているという状況には、面食らうばかりだった。フランチェスカも知っている、奥行きのある細長い部屋にイアンは堂々と入っていき、そこでふいにとまった。

いきなりとまったので、ピンヒールを履いたフランチェスカは前につんのめりそうになり、落ちてきた髪に視界をふさがれた。イアンが何か、じっと見ているのを感じて、自分も目を上げたとたん、呆然となった。

「アルゴスのアフロディテ」フランチェスカは息を呑んだ。

「そう。イタリア政府が送ってくれた。ぼくらに六か月間貸してくれるそうだ」

「ぼくら？」声をひそめて言いながら、お金では買えない貴重なアフロディテ像を凝視する。天井につくられたアーチ型の天窓から差しこむ月光が、サロンと像を柔らかな冷光で包んでいる。優雅な曲線を描く胴体と、白大理石に刻まれた崇高な表情が、幾層にも重なった影の中から浮かびあがって、息を呑むほど美しい。

「サンジェルマン宮殿は祖父の家族が所有している。ジェイムズ・ノーブルは美術館のパトロンだ。いろいろと社会貢献をしているが、美術品のコレクションもそのひとつ。自分と同じように古代の遺物を愛する人々に、鑑賞の喜びを提供しているんだ。祖父と同じく、ぼくもサンジェルマンのスポンサーとして名を連ねている」

フランチェスカはイアンの顔に目をやった。アフロディテ像をじっと見あげるその顔には、賞賛と敬意が素直に表れている。驚いた。それもうれしい驚きだった。無表情がトレードマークのような人なのに。イアン・ノーブルという男はまったく計り知れない。

「きみはこの作品をあがめていたね」確認というより、断定だ。シカゴのペントハウスに置いてある縮小レプリカのことを言っている。

「できるものなら自分のものにしたい」彼はそう言って、ちょっと寂しそうに笑った。

「しかし、アフロディテを所有するのは無理だろう？　ぼくはそう聞いている」

フランチェスカはごくりと唾を呑みこんだ。人の心を動かさずにはおかない謎めいた男。彼といっしょに立っていると、頭が妙な具合にぼうっとしてくる。

「どうして、とりわけこの作品がお好きなんですか？」

イアンがフランチェスカに顔を向けた。くっきりした顔だちが月光を浴びて、アフロディテのように魅力的だ。

「その芸術性と、美以外に？　たぶん彼女のしていることだろう」

フランチェスカは眉をよせ、ふたたび彫像に目をやった。「湯浴みをしているんですよね？」

イアンがうなずき、フランチェスカは自分の顔に視線が注がれるのを感じた。「日々、儀式のように、自分を洗い清めている。日が改まるごとに、アフロディテは清らかに生まれ変わる。そう考えるのも悪くないだろ？」

「どういうことです？」フランチェスカは言って、相手の顔を見た。影の差した横顔と、月光を浴びて濡れたように光る目に、すっかり魅了される。イアンの手が伸びてきて、温かい指先で頬に触れられた。温かいのに、全身がぞくぞく震えた。

「われわれも自分の罪を洗い清めることができると、そう思えるからだ。ぼくはずっと罪深いままだがね」そっと言った。

「イアン――」言いかけて、声に同情がにじみそうになる。どうして彼は、こんなに頑なに、自分が汚れていると信じているのだろう？

「忘れてくれ」イアンが口を挟んだ。フランチェスカと正面から向きあい、彼女の腰を両手でつかみ、自分の身体にぎゅっと押しつけた。フランチェスカは目を大きく見ひらく。ヒールが高いので、ふだんより高い位置でイアンと肩を並べていた。彼の硬い睾丸が自分の恥丘のてっぺんに押しつけられ、勃起したペニスが彼の左の腿に沿って隆起しているのがはっきりわかる。ほとんど触れてもいないのに、どうしてこんなに硬くなるんだろう？　これもアフロディテの仕業だろうか？　想像をたくましくして考える。

　イアンが手のひらでフランチェスカのあごの脇を包み、彼女の顔を月光へと向ける。フランチェスカの心臓が脈動をはじめ、最初の鼓動が胸骨にぶつかった。イアンが腰をぐいと突きだした瞬間、彼の興奮がわかって、フランチェスカの肺から勢いよく空気が飛びだした。その息を吸おうとするかのように、イアンは指を曲げて彼女の尻をつかみ、頭をさっと下ろして軽いキスをする。

「欲しくてたまらない」まるで怒りをぶつけるように言うと、彼女の口を自分の口でふさぎ、唇を舌でこじあけた。彼と完全に密着するのは、いきなり炎の中に放りこまれるのといっしょだった。彼の力と味が、全身に怒濤《どとう》のように襲いかかってくる。高いヒールの足がかすかによろめくと、イアンがさらにきつく彼女の身体を抱きしめ、硬い筋肉と屹立するペニスが痛いほどに当たってくる。これほどまでに凝縮された男性の欲望を目《ま》の当たりにするのは、生まれて初めてのことだった。これほど激しい欲情が、彼の中で一日中わきあがっていたのだろうか？　一週間ずっと？

彼の口の中にフランチェスカはあえぐ。男の強烈な熱に女の肉は溶けていく。イアンの手が彼女のラップドレスのベルトにかかった。一瞬ののち、彼がふたりのキスを乱暴に封じると、フランチェスカは興奮にめまいがした。イアンが一歩さがる。彼女のドレスの前が割れて、剝きだしの肌が月明かりにさらされる。イアンはドレスの布地を脇によせ、彼女を裸同然にして、上から下まで視線を走らせる。欲情をたぎらせながらも険しさを失わない顔に、畏敬の表情が浮かんでいるのを見て、フランチェスカの肺に息がからみついた。

「きみには、この体験を終生忘れずにいてほしい」唐突に言った。

「はい」フランチェスカはためらわずにそう言った――これほど強烈な体験をどうして忘れることができるだろう？　それでも、彼の言葉の裏には何か底知れないものが隠れていそうで、それを考えただけで圧倒されてしまう。

「ここに、すわりなさい」言って、両手を彼女の尻に添える。

何がはじまるのか不安になって口をひらきかけながらも、導かれるままに、アフロディテを取り巻く台座の上に腰を下ろす。冷たく硬い大理石の感触がドレスの布を通して伝わってくる。イアンは彼女の膝に両手を置いて足をひらかせると、その前に膝をついた。

「イアン？」とまどいながらフランチェスカが訊く。

パンティを腿から膝下までおろしたとき、彼の手が震えていなかった？　フランチェスカの性器がきゅっと締まって、興奮がわきあがってくる。

「待てると思ったが、無理のようだ」つぶやくような口調に、フランチェスカは彼の激しい後悔を感じとった。顔をじっと見つめられながら、腿と尻を手で愛撫される。冷たい大理石の上で自分の身体がどんどん熱を持っていくのがわかる。「いまきみを味わわなければ、死んでしまうだろう。だが一度味わったなら、もうやめられない。いまここできみをファックすることになる」

「そんな」震える声で言った。腿のあいだから熱い液があふれだす、いまはもうなじみとなった感覚がふたたびわきあがってくる。黒い髪の彼の頭が彼女の膝までおりてきた。その手が貪欲に彼女の両脚をさらに大きく広げる。フランチェスカの目がいきなり大きく見ひらかれた。肉びらにもぐりこんできた、熱くなめらかな舌先。それがクリトリスの上をすばやく動き、つんつんとつついてくる。

彼のきちんとセットされた豊かな髪をつかんで、切ない声を漏らす。フランチェスカは頭をのけぞらせ、甘美なエクスタシーの霧に包まれた。そのさなかにいながらも、アフロディテがこちらを見おろしているのがわかる。落ちついて、心から満足したように、めくるめく世界へ足を踏みいれるフランチェスカの入会儀式《イニシエーション》を見守っている。

パートⅣ　「きみには学ばなきゃいけないことがたくさんある」

7

冷たい大理石の上で身体がとろけていくのを感じながら、あらゆる自意識を失い、イアンの舌が性器をすべって、電気のような快感が走る、その瞬間を味わうためにだけ生きている気がした。彼の髪を指でかきむしり、その感触にうっとりする。まるで蒸留酒のように濃縮された快感。これだけの喜びが手に届くところにあるというのに、それを放っておいて、どうして人間は眠ったり、食べたりという、日常生活を営めるのか。その答えはおそらく、彼にある。これほど巧みで、輝くばかりに美しい恋人を誰もが手に入れられるわけではない。女に快感を与えるといって、イアンの舌と口にかなうものは、この世のどこをさがしても存在しない……フランチェスカは断言できた。

彼女の両膝をつかむイアンの手にぐいぐい力が入り、台座の上にある尻が奥へ奥へとずれていく。後ろに両手をつき、骨盤をかたむけて姿勢を整える。彼の満足げなうめきが彼女の肉を震わせて、褒められたのだとわかる。イアンはさらに彼女の両膝を広げながら、ひだの隅々まで舌でさぐっていく。その舌がぬるりと、膣口から奥へ入りこんだ瞬間、高いアーチ型の天井に歓喜の叫びがこだました。

「イアン！」

彼女を陵辱する舌は、はじめはゆるゆると動いていたが、しばらくすると、さかりでもついたかのように激しく攻めたててきて、フランチェスカの腰はいやいやをするように動きだした。イアンがうめいて、大きな両手でフランチェスカの尻をすっぽり覆った。尻の肉に指を食いこませながら、着実に攻めていく。そのうち口を大きくあけて性器全体をすっぽり包み、膣の奥深くへ一気に舌を挿入した。そうしながら上唇を動かして、クリトリスに着実な刺激を加えるのも忘れない。彼女の腿のあいだで、頭を左右にくいくい動かしながら、イアンはフランチェスカの感じる部分に、正確に刺激を与えていく。次の瞬間、彼女の目がかっと大きく見ひらかれた。

のけぞって、性と愛の女神を凝視しながら、激しいオーガズムの波に全身を震わせる。その脚をイアンはしっかり押さえて、口の動きを少し加減するかわりに、舌をさらに巧みにつかって、甘美に震える身体から快楽の波の最後のひとしずくまで掻き出してやる。彼女の震えが治まると、イアンは自らの舌と口でしぼりだしたジュースをぴちゃぴちゃと舐めとった。口や肌の味から、きっと愛液も美味であると予想はしていたが、あの小さなプッシーから美酒のような汁を、これほど淫らにあふれさせるとは想定外だった。

もう完全に彼女に酔っぱらっているというのに、もっと欲しくてたまらない。

しかし、いきりたったペニスのほうは、ほかに欲しいものがあった。イアンは気を引き締め、濡れた唇を彼女の腹部に押しつけて、つかのまの甘い休息をとる。立ちあがった瞬間、ペニスがうずいて、うっと顔をしかめた。彼女の極上の美酒を呑んで、ひとまず彼の欲望は大人しくなったものの、台座の上に四肢を投げだしてしどけなく横たわっている彼女を見おろしたとたん、一度静まった欲望が咆哮をあげて起きあがった。フランチェスカの褐色の目で月光がちらちら揺れている。濡れて花ひらいたプッシーも光をたたえてつやつやしていた。

抱きあげると、当然のようにしなだれかかってきて、それがイアンを喜ばせる。ときに手に負えないほど頑固になるフランチェスカ。そんな彼女がいま、安心しきった様子で自分の肩に頭をのせている場面は、イアンの胸を熱くした。

それゆえに、とことん自分のものにしたいという欲求が募るのだ。

アフロディテ像の前から一メートル弱のところに、飾り房のついたベルベットの低い寝椅子が置いてある。王がつかうにふさわしい豪華な寝椅子に、イアンはフランチェスカを連れていく。すわらせないで、その近くに立たせたまま、彼女を手早く裸にし、すぐ近くの肘掛け椅子の背にドレスをていねいにかける。それから自分もジャケットを脱いだ。フランチェスカがとまどうような視線を投げるなか、イアンはジャケットを寝椅子のクッションの上にきれいに広げた。

「ルイ十四世の寝椅子だ。もしこれに……こぼしでもしたら、祖母に首を絞められる」

彼女のよく響く低い笑い声を聞いて、イアンの顔にかすかに浮かんでいた笑みが大きく広がった。彼女の笑い声を食べてしまおうというように、あごを両手で持ちあげてキスをする。フランチェスカは恥ずかしそうに、それでいて好奇心たっぷりに彼の唇をぺろりと舐め、そこについていた自分の愛液を味わった。その瞬間イアンのペニスがびくんと動いた。

「それでいい。こんなにおいしいものを味わわないのはもったいない」かすれ声で言い、コンドームを取りだすためにしぶしぶ彼女から離れる。体内でふつふつとわきたっていた欲望がいまや猛威をふるって彼の全身を攻めていた。すぐにでもフランチェスカの中に入らなかったら、おそらく理性を失い、何をしでかすかわからない。事態は差し迫っていた。「寝椅子の上に横になりなさい」自分の耳にも緊張しているとわかる声だった。

フランチェスカはイアンが広げたジャケットの上にゆっくり身体を倒していく。月光を浴びて青白く見える脚や腹が、ジャケットの黒い裏地によく映える。寝椅子には肘掛けがなく、幅も奥行きも十分広く、向かって左側に、外に向かって湾曲した背もたれがついている。フランチェスカは平らな座面に横たわり、頭のてっぺんを背もたれにつけ、寝椅子の右端にふくらはぎをのせている。その魅力的な姿にペニスがうずき、イアンは歯ぎしりをする。

手早くファスナーを下ろし、スラックスの腰部分を腿までずり落としたところで、ボクサーショーツをずらして勃起したペニスを飛びださせる。コンドームをかぶせる瞬間、ちらっと目をやると、彼女の大きな目がペニスに釘付けになっていた。

脅えている。

「心配しなくていい。ゆっくりするから」ぴっちりしたゴムの膜をおろしていって肉茎をすっぽり覆った。

「さわらせて」ささやくように言った。

イアンは凍りついて、ペニスの根元を握った。予想もしない甘美なリクエストを受けて、彼のそれがびくびく動いてうずきだした。彼女がそこに触れてくる場面が絵のように頭に浮かんできて、その感触を想像して苦しくなる。彼女の指が、唇が、舌が――。

「だめだ」意図した以上に厳しい声が出た。彼女のびっくりした顔を見て、後悔に全身を貫かれる。「きみの中にすぐ入らないと」もっと優しく言った。「いますぐ。長く待ちすぎた。これ以上は無理だ」

フランチェスカはただこくんとうなずいて、大きな褐色の目で彼の顔をじっと見ている。イアンは蹴るようにして靴を脱ぎ、ソックスをはぎとって、スラックスから足を抜いた。シャツがやっかいだった。ボタンをはずしにかかるものの、そのあいだも彼女のひらいた脚と濡れたプッシーから目が離せない。われを忘れてしまいそうなほどの激情に駆られていて、最後まで服を脱ぐのは不可能に思えた。幅の広い寝椅子の、フランチエスカの足元近くの床に両膝をついてかぶさっていき、彼女の肩のすぐ上に両手をついた。ほんとうなら、彼女のひらいた腿のあいだに膝をつくべきだとわかっていたが、どういうわけだか全身をすっぽり覆いたくなって、彼女の脚を両脚で挟むような格好になる。

なんて美しい……これがぼくのものになる。

「寝椅子の背もたれに腕を伸ばすんだ」

フランチェスカはとまどいながらも、指示に従った。その素直さに、イアンの腿のあいだでうずいていたペニスが一気に重みを増し……焼けるように熱くなった。彼女が頭の上に両腕を伸ばし、寝椅子の湾曲した背もたれをつかむと、イアンは満足して小さなうめき声を漏らした。

「きみを拘束したいところだが、ここでは無理だから、腕はそうやってずっと後ろに置いていること、いいね？」緊張しながら訊く。

「でも、あなたに触れたい」ダークピンクの唇が彼を魅了する。

「ぼくだって、触れてもらいたくてたまらない」厳しい口調で言い、ペニスを握った。

「だから、何が何でもそこから手をおろしちゃいけないんだ」

フランチェスカはまともに息ができなかった。寝椅子の木の背もたれに必死になってつかまりながら、目の前で男性の美の象徴が輝くばかりに屹立しているのをだまって見ている。触れたくてたまらないのにそれができずに、彼が自分の手で触れるのを、魅了されたようにじっと見ている。彼女の中に入る準備として、イアンは太い肉茎を手でしごく。高まる興奮と不安に、フランチェスカの膣の筋肉がきゅっと締まった。彼のペニスは大きくずっしりして、欲望の汁がしたたり落ちそうなほど熟している。

最後の最後になって考え直したようで、イアンはペニスを握っていた手を離した。ふたりの身体のあいだで、重たいペニスがぶらさがる。イアンは絹のブラに手を伸ばし、フロントホックをはずした。カップをはがされる瞬間、フランチェスカの性器で、また熱い液がほとばしる。イアンのペニスが空中でぴくりと動くのがわかった。

「ビーナス」乱暴に言い、口元にかすかな笑みを浮かべる。フランチェスカは肺に息をためたまま、待つ。剝きだしになった乳房と、縮こまっている乳首が、触れてもらいたくてうずうずしている。それなのに彼は手を伸ばしはせず、またペニスをつかんだ。彼女の片方の膝を押して、挿入しやすいようにさらに大きく脚をひらかせると、ペニスの亀頭を割れ目に押し当てた。フランチェスカは声があがりそうになるのを唇を嚙んでこらえる。イアンがうめき――快感からか、それとも不満からか、彼女にはわからない――腰を曲げて、ペニスの先を彼女の膣にすべりこませた。

「ああ神よ、ぼくを試そうというのか」イアンが声を漏らした。

影になった彼の顔が緊張にこわばっているのがフランチェスカにはわかる。白い歯を光らせて、苦しそうに顔をしかめている。いまこの瞬間、何よりも彼を楽にさせてやりたいという思いに彼女は駆られる――苦痛ではなく、快感をあげたい――フランチェスカは大胆になって、いきなり腰を突きあげた。

「うっ、やめろフランチェスカ。心中でもするつもりか？」

「そんな、わたしはただ……」

「気にしなくていい」そう言うイアンの呼吸が乱れているのにフランチェスカは気づく。

「どうだい？」それからしばらくして、息を切らしながらイアンが訊いた。

最初に入ってきたとき、痛みに声をあげそうになった、あれを心配しているんだとフランチェスカは気づいた。痛かったって、どうしてわかったんだろう？　考える暇もなく、ふいにイアンのペニスが中程まで彼女の身体に入ってきた。膣の筋肉が伸びるのがわかり、びくびくする肉茎の振動が伝わってくる。ちょっとおかしな感じはするものの、鋭い痛みは消えていた。

イアンが中にいる。ふたりがひとつにつながっている。

「痛くない」フランチェスカはささやいたが、声には圧倒されるような響きがあった。

イアンが大きく息を呑み、喉仏が動くのが見えた。彼女の膝から手をはずし、腿のあいだに手を伸ばす。

「ああっ」挿入されたままクリトリスを刺激され、思わず声が漏れた。親指で押され、こすられる。どれだけの摩擦を与えれば彼女が快感に打ち震えるか、正確にわかっているようだった。埋めこまれたペニスがはちきれそうになって上へ上へと膣を押しあげる、その力もクリトリスに伝わって、別次元の快感が押しよせる。

「もじもじしない」しぼりだすような声でイアンが言う。いらだちと、愛情と、すでに限界点に来ている興奮が感じ取れた。彼女のほうも、耐えがたいほどに興奮が高まっている。イアンが喉の裂けるような声を発すると同時に、ペニスをずぶりと沈めた。クリトリスをいじる手があいだに挟まっているだけで、ほぼ根元近くまで入っている。膣をぐいぐい押し広げる圧力と濃厚な快感のさなかへ、鋭い痛みが切りこんできた。

「イアン」思わず声をあげた。

イアンは腰をかすかに動かしながら、彼女のクリトリスにより強い刺激を加えていき、そこに自分の腰骨をぶつける……一回……二回。フランチェスカは切ない声を漏らし、オーガズムに身体を震わせた。膣の壁がペニスを締めつけているのがわかる。快感の波に溺れそうになりながらも、今度ははっきりわかった。イアンがうめいているのは快感のせいだ。彼の手が性器から離れたあとも、まだ快感の波は続き、イアンは腕で自分の身体を支えている。一度腰を大きく引いて抜きかけ、うっとうめいてまた挿入する。

「ああ、すごい、きみのプッシーは……想像を……遥かに超えている」またペニスが少し抜かれ、今度はゆっくり時間をかけて奥の奥まで貫いてくる。そうしながら、イアンの口からはほとんど支離滅裂な言葉が漏れている。「これ以上の……快感は……あるとすれば……ナマで……」

クライマックスの波がひいたあとも、フランチェスカはまだ甘い声で泣いていた。イアンの突きがより激しくなり、それがフランチェスカの身体を震わせる。彼女に打ちつける腰骨の動きがリズミカルになって、ピシャッ、ピシャッと肉のぶつかる音がする。一瞬動きをとめたあとで、完全にペニスを膣に沈め、彼女のひらいた外陰部に、円を描くように睾丸をこすりつける。フランチェスカの口から興奮の叫びが漏れた。

「きみを傷つけたくはない。だが、ぼくをここまでおかしくしたのはきみなんだよ、フランチェスカ」歯のすきまから声を漏らした。

「傷つけてなんかない」

「痛くないか？」

彼女は首を横に振った。

彼の身体の中で一気に緊張が高まるのがわかった。ファックが再開される。ペニスが流動体になったかのように、今度はなめらかなピストン運動がはじまった。フランチェスカは懸命に悲鳴を呑みこみ、そのせいで喉が焼けつくように痛い。いまのいままでイアンはずっと自分を抑えていたのだと、フランチェスカは気づいた。いま彼のペニスは彼女の膣の深部を突き……単に奥に到達するだけでなく——そのやり口は圧倒されるほど巧みだった。さりげないと見せかけて、じつは露骨で、抑制をきかせながらも荒々しさを失わない。まるで彼女の身体に歓喜を打ちこんでいるようで、肉で摩擦される肉がいまにも発火して、めらめらと燃えあがってしまいそうだった。彼のリズムに合わせて、自分も腰を動かしてみる。派手な音を響かせて腰がぶつかり合うたびに、彼女の喉から小さな悲鳴が漏れる。

「くそう」イアンの口から、陶酔とみじめさの入り混じるような声が漏れた。寝椅子の上で腰を大きく引いて、ものすごい勢いで突いたので、フランチェスカの頭のてっぺんが寝椅子の背もたれのクッションにぶつかった。一瞬ぼうっとするなか、イアンが彼女の脚を大きく広げ、寝椅子をまたいで床に両足をついているのがわかった。イアンは彼女と寝椅子の前にそびえるように立ち、歯を剝きだしにして彼女を猛烈に貫いた。

「イアン、椅子からおろして」ふたたび何度も何度も突かれて、また新たなクライマックスがやってくるのを感じ、フランチェスカは懇願する。イアンも自分と同じ状態のはずだった。相手に触れたくて触れたくて、がまんできない。

「だめだ」緊張した声が返ってきた。足を床に踏ん張って勢いをつけて彼女に腰を打ちつけ、ひとつになった瞬間にうめき声を漏らす。寝椅子がみしみしいいだしたが、ありがたいことに、高価な家具が粉々に割れて木切れとベルベットの山になり、その上にふたりして倒れこむという事態にはならなかった。イアンが大きな身体で力いっぱい攻めるたびに、フランチェスカの頭がクッションにぶつかり、乳房が高くはずむ。途方もない快感に目がくらみそうだった。ふたりの身体のあいだにイアンが手をすべりこませ、彼女の陰唇を大きく広げる。そうしながら腰をまわし、剝きだしになった外陰部に睾丸をこすりつけていく。はちきれそうになっているペニスが膣壁内で回転する、えも言われぬ感覚。「きみが達するまで待つよ、子猫ちゃん」

何を言われようが、フランチェスカのほうは意志をはぎとられたも同然だった。彼のもたらす刺激がいまにも体内で爆発しそうだった。喉からごぼごぼと信じられないような音が漏れ、ふたたび至福のオーガズムに全身がわななく。イアンは満足げにうなり、非情にも、腰の動きをいっそう速めて、突いて、突いて、突きまくった。慎重に押しとどめてきた野獣のような欲望が一気に解放されたらしい。

ペニスがいきなり抜かれ、フランチェスカは抗議の叫びを発した。イアンは寝椅子の上に両膝をついて彼女にまたがり、肩ではあはあ息をついている。彼の不審な行動にとまどい、フランチェスカの身体からクライマックスの波が引いていく。非常灯のぼんやりした光の中、イアンは自分の手でペニスをしごいている。

「イアン？」

苦しみの淵であえぐような声を漏らしながら、彼は至福の快感に翻弄され、射精をはじめた。女をはねつけ、自らの手で精を放つ男の姿に、フランチェスカの胸は引き裂かれる。彼女はゆっくりと腕をおろし、よるべない気持ちに呆然となりながら……自分の目の前で彼がしていることに、たまらない興奮を覚える。

一瞬ののち、イアンは手をおろし、彼女の上にかがみこんだ。全身の筋肉が硬く緊張して、息をあえがせている。フランチェスカは目の前に大きくそびえたち、自分の心も身体もほしいままにしたイアンを、フランチェスカは美しいと思った。しかしいま、自分の身体にかがみこみ、解き放たれた欲望にわれを忘れて震えている彼は、それ以上に美しく思えた。フランチェスカは伸ばした手を彼の襟の下にもぐりこませ、たくましい肩の筋肉を撫でさする。触れた瞬間、彼の身体がびくんと震えたのがわかって興奮する。

「どうして――」

「すまない」はあはあとあえぎながら言う。「急に心配になった……妊娠が」

「だいじょうぶ」フランチェスカはそっとささやく。図らずも妊娠させてしまう、そのほんのわずかな可能性に、彼がどれだけ脅えているか、それがわかって切なくなった。はだけたシャツを優しく着せてやりながら、もういっぽうの手を背中に当てて、自分のほうへ近づくよう促す。

「こっちへ来て」彼が抵抗するのがわかって、フランチェスカが言った。イアンは一瞬迷ったものの、まもなく彼女の身体にかぶさった。硬くずっしりした男の身体にのしかかられる、それだけで奇跡が起きたような気分になる。

「きみのために準備をしていた。そのあいだ一度も……何週間も、ほかの女には触れていない。ぼくにとっては異例のことだ。つもりつもった欲望で、きっと危険なことになっている……だから、コンドームをつけても不安だった。ばかな話だ」息を切らしながら言う。

フランチェスカは彼の肩にキスをし、まだひくひく動いている広い背中をさすった。イアンがふだんの性生活を制限していた。それを知って、言葉にできない強い感情が胸の内にこみあげてきた。

純粋に、わたしのために？

違う。そんなこと、あるわけがない。

彼の複雑な心の内と、あえて孤独に身を置くという姿勢が、フランチェスカには少し恐ろしく思えた。ずっと彼の背中をさすっていると、まもなく落ちついてきた。イアンは顔を上げて、ふたりの交わりをずっと上から見物していた謎めいた顔を見あげる。果たしてアフロディテは、ふたりを祝福するつもりか、それとも呪うつもりだろうか。

ホテルへ向かうリムジンの中、フランチェスカは自分だけの世界にすっぽり入りこんでしまったようだった。といっても、隣にすわっているイアンの胸に頭をよせて、髪を撫でてもらってはいるのだが。最初、彼女は気を揉んでいた。じっとだまっている彼の様子に、ひょっとして妊娠への心配を打ち明けて、一瞬でも自分の弱さをさらけだしたことを後悔しているのではないかと。しかしそのうち彼の沈黙に慣れてきて、不安が静まった。重たくなったまぶたの下から、窓の外をビュンビュン飛びさっていくパリの街灯りをながめ、あのサロンで思いがけなく起きたできごとを細部までくっきりと思い浮かべている。

あんな素晴らしい経験を、彼が後悔するはずなどないのでは？

ホテル・ジョルジュ・サンクはシャンゼリゼ通りを出てすぐの場所にある。イアンのあとについて金メッキが施されたエレベーターに乗りこみながら、単に〝贅沢なホテル〟と言ってしまっては申し訳ないほどの豪華さに圧倒される。イアンがあけてくれたドアから一歩中に入ったとたん、フランチェスカは大きく息を呑んだ。アンティークの調度品がずらりと並んだ居間の中、豪華なファブリックと大理石の暖炉がひときわ目をひき、飾られている美術品はどれも、十七世紀、十八世紀に制作された本物だった。

「こっちへ」イアンが言って、王族がつかうにふさわしい寝室へ彼女を案内する。

「すごい」フランチェスカは緞子《どんす》や絹のベッドカバーに手を触れ、趣味のいいインテリアに目を奪われた。

イアンはジャケットを脱いでコート掛けに掛けながら、フランチェスカの全身をながめまわしている。

「このホテルは明日会議がある場所に近いんだ。ぼくは朝早く起きないといけない。きみが目を覚ます頃にはもう出ているだろう。朝になったらテラスからの眺望を楽しむといい。きっと気に入ると思う。朝食をオーダーしてあげるから、よかったらテラスで食べるといい。ずいぶん疲れた顔をしているぞ」

いきなり話題が変わったので、フランチェスカは目をぱちくりさせる。「ええ、たしかに疲れました。長い一日でしたから。今朝〈ハイ・ジンクス〉を出てきたなんて、信じられない。なんだかちょっと……現実じゃないみたいで」実際、今朝イアンのノックに応えた自分とは別人のようだった……今夜サンジェルマン美術館に最初に足を踏みいれたときの自分でさえ、もう他人のように思える。イアンの強力なセックスが自分の何かを変えてしまった。

フランチェスカはそわそわしながらイアンの顔を見る。彼が自分にどうしてほしいのか、わからなかった。

「寝る仕度をしたらいい」イアンはぶっきらぼうに言って、隣り合った寝室の入り口を指さした。「ディナーの最中に、ジェイコブのほうで荷物を運んでおいてくれた。そこにきみのバッグもあるはずだ」

「あなたが先に」フランチェスカが言う。

イアンは首を振って、カフスボタンをはずしだした。「ぼくはべつのスイートのバスルームをつかう」

「もうひとつ、部屋をとってあるんですか?」

イアンはうなずく。「いつもはそっちをジェイコブがつかう」

「でも今回は違う?」

イアンがちらっと彼女の顔を見あげた。「ああ。今回は違う。きみを完全にぼくのものにしておきたいから」

喉のあたりで血管が脈打つのを感じながら、フランチェスカはイアンに背中を向けて、バスルームへ歩いていった。そろそろと、ドレス、ブラ、真珠のアクセサリーをはずしていきながら、イアンの言葉が頭の中で反響している。

バスルームの鏡をのぞくと、ずいぶん疲れた顔だと、イアンの言った意味がわかった。セックスの余韻に赤らむ唇のせいで、顔全体がいっそう青白く見える。異様に大きい目の下に、暗いくまができていた。シャワーを浴びたかったのに、急に強い疲労を覚えた。シンクで顔を洗って歯を磨くだけにする。こんもり丸い金色のドラム状クッションの上に、ナイロン製のダッフルバッグが置いてあるのを見てぞっとする。この豪華な環境の中、明らかに場違いだった。間違いなく。

自分も同じだろう。

こんな夜を経験したあとで、ヨガパンツにシカゴ・カブスのTシャツを着るというのはいくらなんでもばかげている。しかしパジャマの代わりに彼女が持ってきたのはそれだけだった。ローションをつけ、髪を櫛で梳かしてから、バスルームを出た。豪華なソファの横にイアンが立って、携帯電話のキーを打っていた。その横顔を見て思わず足がとまり、畏敬と欲望の混じった目で彼の全身をながめる。上半身は裸で、黒いパジャマのズボンをスリムな腰で穿いている。細いウエストから逆三角形に広がる上体は胸も背中も肩もたくましいばかりで、無駄な脂肪がわずかもついていない、まさに極上の肉体だった。これだけ磨き抜かれた身体を維持するには、それなりのエクササイズを日常に組みこんでいなければ無理だ。シャワーを浴びたあとなので、ダークな短い髪は首筋とこめかみ部分がかすかに濡れていた。

これほど美しい男は見たことがない。これからも、きっと見られはしない。

イアンの視線が動いて、そこに彼女が立っているのを認めた。レーザー光線のような視線を受けながら、フランチェスカはぎこちない足どりで移動する。イアンがふいに目をそらし、仕事にもどった。

「ベッドに入ったらどうだ？」メールを打ちながら言った。

フランチェスカは派手な装飾の枕をどかし、退廃的なまでに贅沢なベッドカバーをめくった。

「服は脱ぐように」ベッドに入ろうとしたところで、部屋の向こうから声が飛んできた。フランチェスカは動きをとめ、ちらっと彼のほうを見る。相手は電話から顔を上げていない。フランチェスカは乱れる呼吸で、服を脱ぎはじめた。

どうして見ないのだろう？　ジェット機内では彼の青く濡れた瞳に、一挙一動を見守られていたのに。

ベッドに入り、シーツと毛布をひっぱりあげた。イアンは部屋の向こうにいて、親指だけを動かしている。まぶたは重たくなるし、ベッドはとても柔らかく温かい。だんだんにうとうとしてくる。

パチンという音がして、フランチェスカの目があいた。イアンが灯りを消したのだ。ベッドの隣にイアンが潜りこんでくると、マットレスが沈むのがわかった。イアンは横向きになってフランチェスカを腕の中に入れ、彼女の背中を自分の腹に当てる。フランチェスカには、彼がまだパジャマのズボンを穿いているのがわかった……その薄い生地の下に、何もつけていないことも。

突然フランチェスカの目が大きくあいた。

「どうしてあなたはパジャマを着ているのに、わたしは裸じゃなきゃいけないの？」暗がりの中で言う。

イアンに肩から髪を払われて愛撫され、フランチェスカの体内で歓喜が植物の巻きひげのように広がっていく。

「これからは、しょっちゅうそうなるだろう」

「そんなのずるい」言ったとたん、彼の長い指が片方の乳房のカーブをさっと撫でてきて、喉に息がからみついた。自分の尻の隣でペニスがかすかに動くのがわかった。それに反応してクリトリスがぴくぴく喜ぶ。

「ぼくの好きなときに、いつでも好きなようにきみに触れられる、そう思っただけでうれしいんだ」

「自分は服を着たまま、わたしを言いなりにするってことが？」

「そう、自分は服を着たまま、きみを支配する」きっぱりと言った。

「でも――」

「それについては、〝でも〟は受け付けない」イアンは言ってフランチェスカの尻を撫でる。笑っているような感じの声だった。ペニスがぴくんと動いて彼女に当たり、イアンはため息をついて手を離した。「不平はやめてくれ、フランチェスカ」そう言って彼女をしっかり押さえつける。「ことときみに関するかぎり、ぼくのコントロールは早くも怪しくなってきている。今夜のことを思いだせば、わかるはずだ」

「凄い夜だったわ」ささやく声に畏敬の念がにじむ。

イアンは身を固くし、彼女の股間に手を伸ばした。腿のあいだにそっと手を差し入れられ、性器を包まれた瞬間、フランチェスカは興奮に息を呑んだ。優しい手つきには違いなかったが、それと同時に、これは自分のものだと主張するような強引さもあった。

「ぼくはまるで、極めて経験豊かな女を相手にするように、欲望のおもむくまま、パワードライブで攻めていった……ヴァージンのきみを」怒気をはらんだ声でつぶやいた。

生々しい言葉に、フランチェスカの身体が熱を持つ。パワードライブ。まさにそうだった。寝椅子に横たわって、彼にされるがままになった。非の打ち所のないテクニックでむさぼられる、その一瞬一瞬に彼女は溺れた。

「わたしはもうヴァージンじゃない」声が震える。「もう一度すればいい。今度はそんなにがっかりさせないと思うわ」

イアンのペニスがまた彼女を打った。数秒のあいだ、フランチェスカは彼の緊張を感じている……彼のためらいを。

性器からイアンの手がゆっくり離れた。「いやだめだ。もうすぐ朝だ。きみにはまだ教えなければならないことが山ほどある。一晩ぐらい、ゆっくり休ませてあげよう」

「教えるって何を？」

「まもなくわかるよ。さあ、眠りなさい。明日はきみのために大きな計画を立ててある」

そんなことを聞いたら、とても眠れやしない。それでも少し経つと、イアンの身体にゆったりともたれて、彼の手とぬくもりに包まれて心地良く眠っていた。

深い眠りからイアンが目覚めた。ずっと淫らな夢を見ていたと思ったら、彼女の裸の身体が自分にぴったり密着し、硬くいきりたったペニスが、丸く柔らかな尻を圧迫していた。手はみっしりした乳房をつかんでいた。

くそっ。

顔をしかめて身をねじり、置き時計に目をやる。そのあいだ片手はフランチェスカの尻から離さず、甘美な丸みを自分のペニスに押しつけている。眠りの中でも彼の動きに気づいたのか、フランチェスカが尻をぴくりと動かした。ペニスが勃起するのがわかって、イアンは歯ぎしりをする。

携帯電話を取りあげて、いまにも鳴りだそうとするアラームを切る。ほんとうは起きあがらなければならないのだが、そうはせず、電話をベッド脇のテーブルにもどすと、パジャマのズボンを睾丸の下までさげて、いきりたったペニスを外に出した。フランチェスカの身体を引きよせ、腰を曲げて、見るからに甘美で温かな尻の割れ目に勃起したペニスを埋めていく。ああ、なんていいんだろう。太い肉棒をさらに深く沈めていき、彼女の尻のあいだでサンドイッチ状態にする。裸の彼女を一晩中抱いているあいだに、つもりつもった性的興奮――いやそれは、サンジェルマンでクライマックスに達した直後から、もう新たにわきだしていた——がとことん高まり、暴れている。彼女の尻を動かないように押さえてから、腰をゆっくり動かす。絹のようになめらかで、むっちりしたふたつの丘のあいだに、またもやペニスがもぐりこんでいき、快感が全身を突き抜けて、吠えてしまいそうになる。

フランチェスカが身じろぎをした気がした。彼女が息を呑み、自分の名前をそっと呼んでいる。しかし彼のほうは、彼女にかけられた性の魔法で早朝から思いがけない官能の波にさらわれて、答えるどころではない。無我夢中で腰を動かし、歓喜にあえぐことしかできない。ペニスに温かくまとわりつく彼女の尻の割れ目。そこを摩擦しているペニスは、ぱんぱんに膨張して極めて敏感になっていた。フランチェスカが後ろに手をまわしてきて、彼に触れようとする。その手をイアンがつかんで、彼女の脇腹に押さえつける。そうしておきながら、常軌を逸したように、無我夢中で甘美な尻を陵辱する。女の尻の感触ぐらいで、いつから逆上するほどの興奮を覚えるようになったのか？

「じっとして」厳しい声で言い、スピードを上げて腰を動かし続ける。「あともうちょっとだ」

約束どおり、それから数回突いたところでクライマックスに達した。奥歯をぎゅっと嚙みしめて、彼女の腰の右側から尻の上部にかけて精液が放たれるのを見守る。くそっ、いったいどうなってるんだ。ペニスの収縮と射精が交互に続き、全身を震わす快感が、ひょっとして永遠に終わらないのではないかと思えてくる。次の瞬間、糸が切れたように、彼女の身体にばさっとかぶさり、息をはあはあ切らした。背をそらせてティッシュをつかみ、彼女の肌から享楽の汁をふきとってやると、フランチェスカが切ない声をあげた。

仰向けになった彼女の顔を見てイアンは驚いた。フランチェスカは枕に頭をのせ、頬が鮮やかなピンク色に染まり、唇が紅潮していた。イアンは濡れたティッシュを脇に放って、彼女の身体にかがみこむ。

「いまので感じたのかい？」唇に優しくキスをして訊く。「きみの身体をつかってぼくがいったから？」

「ええ」彼の唇のそばで彼女が言った。

「それなら、きみもいくんだ、子猫ちゃん」

ぎゅっと閉じられた腿のあいだに、指をすべりこませると、うれしいほどになめらかだった。フランチェスカは息を呑み、彼から顔をそむけて、枕に頬を押しつける。イアンはにっこり笑って、ひだのあいだに指をすべりこませ、クリトリスをもてあそぶ。

「きみの中でいきたいよ、フランチェスカ。何もかも味わいつくしたい」そう言うと身をのりだし、彼女の耳元でそっとささやいた。「きみだって、そうしたいだろ？」

「ええ、もちろん」

「それじゃあ、避妊をはじめないと」

「はい」彼の指に刺激されて、ため息を漏らすように返事をする。優しく動いていた指に、いきなり力が入った。

まるで念を押すように。

クリトリスを刺激しながら、イアンは彼女の横顔を観察し、優美なまぶたがぴくぴく動き、頰の赤みがどんどん増していくのをうっとりと見つめる。ひらいた唇が彼を誘っている。

「あとで、きみを拘束する。いま以上にぼくを興奮させるにはどうしたらいいか、教えてやろう。きみも知りたいだろう?」

「はい」ぷるぷる震える唇を見ているだけで、イアンは息がとまりそうになる。興奮して彼女のクリトリスをさらに強くこすりあげる。フランチェスカは彼の手に向かって腰を上下させ、彼はそれに応えて、腕全体をつかって彼女を力いっぱい愛撫する。「あなたを喜ばせたいの、イアン」

「ああ」イアンはあえぎながら、彼女の口を乱暴に吸い、官能的な口の中を陵辱する。少しのつもりが歯止めがきかなくなった。「きみはきっとぼくを喜ばせてくれる」

フランチェスカが叫び、彼の手に押しつけた性器がぶるぶる震える。そんな彼女をイアンはクライマックスへと導いてやる。そうしながら、自分がこの部屋にもどってきたとき、彼女がいて、自分の欲望に……彼女自身の欲望に、いくらでも応えてくれることを想像して、期待と興奮で胸がはちきれそうになる。

フランチェスカが落ちついてくると、イアンは首筋にキスをし、その肌ににじむ甘い味を舌で舐めとってやる。彼女の柔らかなあえぎ声が彼の唇を振動させた。

「パリじゃあ、避妊に関しては法律が少し寛容なんだ。数か月分のピルをもらえる薬剤師を知っている。すぐはじめられるよ」

彼女が身をこわばらせたのを感じて、イアンは首筋に這わせていた舌をとめた。

「医師の診察は受けなくていいの？」

「最終的に、アメリカにもどったら受けよう。しかしはじめるのは早ければ早いほどいい。ジェイコブに品物を取りにいかせるから、きみは今日からはじめられる。薬剤師とは話をつけてあるんだ。健康面での問題はないね？　高血圧とか脳卒中は？」

「ないわ。完璧な健康体。先月健康診断を受けたばかりなの」そう言って、彼に横顔を見せた。強がってあごをぐっと持ちあげ、柔和な褐色の目で彼の顔を見つめる。「もちろん、ピルを呑みはじめるわ。あなたにとって、それがどれだけ大事か、わかっているもの」

「ありがとう」言ってキスをしながら、フランチェスカはその重要性の半分もわかっていないと、イアンは考えていた。

イアンが会議に出かける仕度をしているあいだ、フランチェスカはベッドに寝そべり毛布にぬくぬくとくるまって、キスとオーガズムの余韻にひたっている。けだるく、満ち足りていた。しばらくすると、うとうとしてきて、眠気の残る目でイアンを見つめる。ベッドのへりに立って彼女を見おろしている彼は、ダークスーツに糊のきいた白いシャツ、薄いブルーのシルクのネクタイという姿がたまらなくゴージャスで、スパイシーなアフターシェイブローションの香りがフランチェスカの鼻をくすぐる。

「きみの朝食を注文しようか？」ひそやかに流れる深みのある声。豪華なファブリックで覆われた静かな部屋にいて、フランチェスカはその声に肌を撫でられたような錯覚を覚える。「テラスで食べてもいいんだよ。素晴らしい天気だ」

「自分で注文しますから。お気遣いなく」眠気が残っているせいで、声がかすれた。

イアンは軽くうなずき、出かけようと歩みだしてから、また一歩さがった。何をためらっているのかとフランチェスカが思っていると、いきなり顔がおりてきて、口に力強いキスをされた。

もう疑いようがない。イアンのキスは……これほど官能的なキスは、世界の誰も真似できない。さほど経験があるわけではなかったが、それでもわかる。つかのまのキスだというのに、イアンの唇が自分の〝下の唇〟に触れたときの記憶がまざまざと蘇ってくる。あれはまるで崇拝するような……いや、自分のものだと主張するようなキスではなかったか？

　しばらくするとイアンが部屋から出ていった。ダークスーツを着た、背の高い魅力的な後ろ姿を見送りながら、フランチェスカは喜びと後悔の混じった不思議な感情に包まれる。イアンが行ってしまうと、シャワーを浴びて髪を洗い、日ざしのさんさんと降り注ぐテラスに出て濡れた髪を乾かした。テラスからは、パリの街並みと三美神を象《かたど》った有名なアールデコ様式の噴水が見下ろせた。ルームサービスを注文して、イアンから勧められたように、テラスで食べることにする。ここに至るまでの贅沢三昧の体験を思い、ふたたび信じられない気持ちになる。

　朝食が済んだところで、デイヴィに連絡をした。イアンとふたりパリに無事到着し、楽しい時間を過ごしていると、それだけをわかってもらえればよかった。ところが、ちょっとした冒険気分よと話しても、デイヴィの声は少しもはずまなかった。それどころか、彼の心配そうな口調が引き金になって、フランチェスカの胸に気になることが蘇ってきた。イアンが隣にいてセックスをし、彼への欲望以外何も感じないときには、容易に忘れていられたことが。

　イアンが絵の報酬をすでに全額支払っていることを思いだす。そうすれば、最後まで描かざるを得ないとわかって手をまわした。彼がバーから客を完全に締めだしたときのことが細部まで蘇ってくる。自分の中からきみを完全に追い出すために、一度きみを性的に完全に自分のものにしたいと言っていた。

そう言えば、今日からさっそくピルを呑むことにしたのだった。

ちょっと待って……自分の身体に関わる大事な問題について、いったいいつ、どう考えて、そういう結論を下したのか？　気がついたら、はいと言っていた。イアンにキスをされ、なだめられ、快楽の叫びをあげているあいだに。

下腹部に、鉛のように重たいものが落ちてきた。

違う。そんなんじゃない。

まさかわたしは、そんな安易に？

幸いなことに、長距離電話は高いからと、デイヴィとの電話をすぐ切ることができた。会話の終わりには、声に不安がにじんで、デイヴィに勘づかれるのではないかと気になりだしていた。

なんだかいらいらしてきたので、ジョギングウェアをひっぱりだしたが、イアンから部屋の鍵をもらっていなかったことを思いだして手がとまる。フロントに電話をし、応対してくれたスタッフが英語をしゃべれるとわかって安心した。その女性スタッフは、フランチェスカの名前が滞在客として記載されているから、身分証明書を見せればフロントでカードキーを受け取れると教えてくれた。

着替えを済ませてパリの通りに出る。狭い道路を数マイル走ってから、観光客と買い物客で賑わうシャンゼリゼ通りに出て、凱旋門の前を過ぎる。ホテルにもどってきたときには、汗といっしょに山ほどの不安や心配を舗道に流してきた気分だった。ジョギングはいつでも心を落ちつかせてくれた。

もちろん、イアンにそそのかされて、ピルを呑むことにしたわけじゃない。彼と同じぐらい、自分も妊娠への心配をなくしたかったのだ。それなのに、どうしてさっきは違うことを考えたのだろう?

気が楽になり、足どりも軽くホテルにもどり、部屋のドアをあけた。そのとたん平和な気分が吹き飛んだ。大理石の暖炉の前をイアンがいらいらと行ったり来たりしている。まるで檻に入れられたトラだった。電話を耳に押しあてている彼の足がとまり、こちらを振り返った。

「問題は片付いた」イアンが電話の相手に言った。口を真一文字に結び、フランチェスカにじろりと目を走らせる。「いま帰ってきた」携帯電話の通話を切ってから、マントルピースの上に置いた。

「どこへ行ってた?」彼のとがめるような口調に、フランチェスカの背筋がこわばる。目に熾火《おきび》のような光を浮かべて、イアンは彼女に近づいてくる。

「ジョギング」言って、自分の格好に目を落とす。短パンにTシャツ、ランニングシューズ。これを見れば一目瞭然でしょうと言うように。

「心配していた。書き置きひとつ残していないから」

フランチェスカの口があんぐりとあいた。「こんなにすぐもどってくるとは思わなかったから」彼が怒りをこらえているのがわかって、驚くばかりだった。「どうしたんですか？」

イアンが顔の筋肉を引きつらせる。「きみをパリに連れてきたのはぼくだ。ぼくはきみに責任がある。こんなふうにいきなり飛びだしていかないでくれ」噛みつくように言うと、くるっと背を向けて、ずかずかと歩いていく。

「わたしの責任はわたしにあります。もう二十三年ものあいだ、そうやって無事に生きてきました。ご心配ありがとうございます」いらついた声で言った。

「きみはぼくとここにいる」イアンが乱暴に振り返った。

「イアン、おかしなことを言わないで」思わず声が大きくなった。相手がここまでわからずやになっていることが信じられなかった。何をそんなに怒っているのだろう？何もかも自分の思いどおりにならねば気が済まず、自分の計画に徹底的にこだわる男だから、ふと思いたって朝のジョギングに出るようなことも、許せないというのだろうか？

「ジョギングに出かけただけで、目の色を変えて怒るなんて、おかしいわ」

彼の頬で筋肉がぴくりと動いた。怒りに燃える目の中に、自分ではどうしようもないというような心配の色がよぎった。嘘。ほんとうにわたしの身の安全を心配していたの？　どうして？　いらだちながらも、フランチェスカの心はイアンを気づかっていた。近づいてくる彼を見て、フランチェスカはあとずさりたくてたまらない。それほど彼の表情は切迫していた。

「ぼくが怒っていたのは、どこへ行くか何も言わずにきみが消えたことだ。ひと言メモでも残していったら、こんなふうにはならなかった。とはいえ、できればきみには、よその土地をたったひとりでほっつき歩いてほしくない。ここはシカゴじゃない。きみは言葉も満足にしゃべれないんだぞ」

「パリでは数か月暮らしてたわ！」

「自分が責任を負っている人間がいきなり姿を消すのはいやなんだ」噛みしめた奥歯のあいだから言う。

イアンの視線が彼女に落ち、ふいにフランチェスカは自分の格好が恥ずかしくなった――スポーツブラに、ぴったりしたTシャツと短パン。彼の視線がいつまでも胸元にとどまっているので、乳首がきゅんと硬くなる。

「行ってシャワーを浴びてきなさい」イアンはそう言うと、彼女に背を向けて暖炉のほうへ歩いていく。

「なぜ？」

イアンはマントルピースに腕を片方のせて、彼女をちらっと振り返った。「なぜなら、きみには学ばなきゃいけないことがたくさんあるからだよ、フランチェスカ」ずいぶん落ちついた口調になった。フランチェスカはごくりと唾を呑む。

「まさか……お仕置き?」

「ホテルにもどって部屋がからっぽだとわかった瞬間、どれだけ心配したかわからない。当然きみはここにいるものと思っていたからね。だから答えは、イエスだ。これからきみをお仕置きし、ぼくの快楽のためだけにきみをファックする。それでもきみがまだわからず、同じことをしでかすようなら、もう一度お仕置きをする。どれだけ時間がかかろうと、思いつきで動かれるのが嫌いだというぼくの気持ちを、必ずきみに理解させてやる」

フランチェスカの乳首がタイトなスポーツブラの下でさらに硬く勃起する。いつのまにか性器も熱を持っていた。

「罰したいなら、すればいい。だけど、それでジョギングに出かけたことを後悔するつもりはないから。いくらなんでもばかげてるわ」

「どう考えようときみの自由だ。しかし、シャワーを浴びてローブに着替えろというのは命令だ。それ以外はどうでもいい。着替えたら寝室で待っていなさい」それだけ言うと背を向けて、また電話を手にとった。誰かの番号を押して、フランス語できびきびとあいさつをしてから、二、三、質問をしているようだった。もうおまえに用はないから、さがれというのだろう。

フランチェスカは爆発しそうな怒りをかかえて立ち尽くす。シャワーなんて冗談じゃない、誰がローブなんか着るもんか。いったい何様のつもり？

そのいっぽうで、悪気はなかったとはいえ、イアンをひどく心配させ、あんなふうに目に悲しい色を浮かべさせる結果になったことに、すまなさも感じていた。

さらに、彼の口から出た言葉に興奮もしていた。パドルでお尻を打たれたあの日のことを何度思いだしたかわからない。思いだすたびに、不自然に中断されたことを残念に思っていたのだった。

あそこまで興奮していたイアンが、ついにはどんなクライマックスを迎えるのか、見てみたい。彼を喜ばせたい。

しかし、その結果、どうなってもかまわないという覚悟はあるのか？　不安な気持ちで寝室に入っていきながら、やっぱり自分は彼の言うとおりにするんだろうと、フランチェスカは早くもあきらめていた。

それにしたって、イアンという男は永遠の謎だ。

その謎がわたしを包んで放さない……だから、自分のことさえわからなくなるの？

8

シャワーを浴びたあと、フランチェスカはスイートルームの居間にある豪華なソファの上に腰を下ろし、怒りを募らせている。よくもこれだけ人を待たせるものだ。自分が手綱を握っていると言いたいのだろう、いかにも彼らしい。

その手綱のさばき方がまた巧みだった。フランチェスカは、いますぐバスルームに飛びこんで鍵をかけて閉じこもりたいという気持ちのいっぽうで、ソファのクッションに性器を押しつけて腰をまわしたいという欲情に駆られている。待ち続けるのはいらいらするものだが、それと同時に興奮がますます募ってくる。どういうからくりになっているのか、説明のつけようがないから忌々しい。いったい彼は何をするつもりなのか。強い恐怖を感じると同時に、彼女は大きな期待も抱いている。

寝室に通じるドアがいきなりあいて、フランチェスカははっとした。イアンが部屋に入ってきた。すわっている彼女にちらっと目を向けてから、コート掛けまで歩いていってジャケットをそこに掛ける。ぴかぴかに磨きあげたサクラ材のアンティークのタンスの扉をあけて、何かをさがすように身をかがめた。フランチェスカは緊張しながら、彼が何をするつもりなのか見ようとするが、扉が邪魔して見えなかった。彼が背を起こした瞬間、彼女はさっと顔をそむける。彼の一挙手一投足をじっと観察していたのを知られたくなかった。

だから一瞬ののち、彼がソファをまわりこんで、コーヒーテーブルの上に黒い鞭《むち》を置いたのを見て度肝を抜かれた。細長い竿の先端に幅五センチ、長さ十センチの柔軟な革の打面《スラッパー》がついているそれを、目をまんまるにして見つめながら、心臓が胸骨を打つほどに激しく鼓動しはじめるのがわかる。

「怖がらなくていい」イアンが優しく言う。

フランチェスカは彼の顔を見た。「でも、痛そう」

「以前にもお仕置きをした。痛かったかい？」

「少しだけ」彼女は認め、彼の両手に目を落とした。手錠が握られていた。手を入れる部分が柔らかそうな黒革でできている。

まさか、そんな。

「少しは痛くないと、お仕置きにならないだろ？」フランチェスカは顔を上げ、彼のハンサムな顔と低い声に魅了され……何も言えなくなる。「立ってローブを脱ぎなさい」

立ちながらも、ずっと目と目を合わせている。どういうわけだか知らないが、彼の目から勇気をもらっているような気分だった。脱いだローブをクッションの上に落とす。

彼の視線が下がり、鼻孔がかすかにふくらんだ。フランチェスカは背筋がぞくっとした。

「火を入れてほしいかい？」ガス式の暖炉のことを言っている。

「いいえ」これからお仕置きをしようという彼の口から優しい言葉が飛びだしたのに面食らいながら、暖炉へと歩いていく。

「ずっと背中を向けていなさい」振り返って顔を見ようとする彼女に、イアンが命じた。いったい彼は何をしているのか。高まる期待と不安に、首をねじって後ろをのぞきたくてたまらないところを、必死にこらえる。こらえるのは、自分が興味津々になっていることを知られて、彼を慢心させたくないから？　それとも、振り向いてのぞかれることを彼がいやがると、なんとなくわかったから？

片方の手首を両手でつかまれて、フランチェスカははっとする。

「楽にして」イアンがそっと言う。「きみを本気で傷つけるつもりはないとわかっているはずだ。ぼくを信用しなきゃいけない」

フランチェスカは何も言わず、右手首に手錠の片方の輪をかけられるあいだ、ひたすら心臓をドキドキさせている。「さあ、じゃあこっちを向いてごらん」

フランチェスカは振り返った。相手がすぐ後ろにいたのに気づいて、乳首が硬くなる。彼は気づいているに違いない。フランチェスカは興奮を隠せるはずもなかった。もういっぽうの手首に手錠をはめている彼の頭は、彼女のじんじんして感じやすくなっている乳房のすぐ近くにあった。手首を手錠で拘束されると、必然的に両腕で乳房をよせてあげる形になる。完了すると、彼女の両手はちょうど恥丘の真ん前でつながっていた。イアンが後ろへさがる。彼の視線が乳首にじっと注がれているのがわかって、彼女のその部分はますます硬くなっていく。

「じゃあ次は、頭の後ろに手首を持っていってごらん」言われたとおりにする彼女をイアンはじっと観察している。「肘を後ろに引いて、背中を少しそらしてごらん。きみの筋肉がぎりぎりまで伸びるところを見たい」フランチェスカは頑張って、乳房を前に突きだして肘を引いた。それを見ている彼の唇が、獣のように、かすかにめくれあがっているのがわかる。イアンはさっと目をそむけた。「そうすると感度がぐんとよくなる」そう言うと彼女に背を向けて、コーヒーテーブルへと歩いていく。

「痛みの？」彼女は震える声で訊いた。コーヒーテーブルへ向かう彼を見ながら、不安と期待で胸がはちきれそうだった。あの恐ろしい鞭を取りにいくのだろうか？

　ふたたびもどってきたが、彼の手に鞭は握られていなかった。限界まで押し広がった肋骨に心臓がぶつかる。いますぐここから出してくれと言っているようだった。イアンの手には見覚えのある小さな白い瓶が握られていた。蓋をあけて、がっしりした人差し指をクリームの中へつっこんだ。

「きみには怖がってほしくないと、前に言ったはずだ」

フランチェスカはごくりと唾を呑みこみ、わなないた。いきなり彼の人差し指が陰唇にもぐりこんできて、なめらかなクリームをクリトリスに塗っていく。性器がうずうずしてきて、燃えるように熱くなり……欲しくて欲しくてたまらなくなる。

声をあげそうになるのを、唇を嚙んでこらえながら、彼の突き刺さるような視線を感じている。

「しかし、そうであっても、お仕置きに変わりはないということを、ここではっきりさせておきたい」

「わたしをお仕置きする許可は、わたしが与えたものだということを、ここではっきりさせておきたい」フランチェスカが言ったそばから、彼の指が的を射るような正確さでクリームを塗りつけてきて、喉から息がはっと漏れた。「わたしはこれからもジョギングに出かける――したいことは、なんでもやる――あなたに許可を求めずに」

イアンが手を落とし、歩みさる。やめないで、と叫びそうになるところをフランチェスカはなんとかこらえた。イアンが振り返り、またこちらへやってくる。手にあの鞭を握って。彼の大きい筋肉質の手に握られた、いかにも邪悪な道具からフランチェスカは目が離せない。あんなもので打たれたら、パドルよりも、手よりも、痛いだろう。

「腿をひらくんだ……きみがよければ」命令のすぐあとに、やんわりとつけたした。

フランチェスカは目をぱちくりさせた。わけがわからないという顔で相手の目をじっと見る。その目に面白がるような光と興奮の熱を見て取った瞬間、性器がかっと熱くなった。彼が自分に挑戦しているのがわかった。

彼がしたいということに許可を与えた、それはつまり、自分もそれをしたいということ。たったいま、咄嗟の思いつきで強気で放った言葉が、とりもなおさず彼に言質《げんち》を与えることになった。やり場のないいらだちがフランチェスカの全身を貫く。信じられないほど巧みに、彼はわたしの了承を勝ち取り、わたしの中の欲望を一挙に暴いた。

フランチェスカは彼をにらみつけながら、脚を大きくひらいて立った。

「その姿勢に加えて、怒りがきみの筋肉をよりいっそう緊張させる。それもまた悪くない、妙な話だがほんとうだ」つぶやくように言った口の端がちょっと持ちあがる。声を出さずに笑っている。わたしのことばかりでなく、自分のことも。彼が鞭を持ち上げた瞬間、期待がいらだちのすべてをかき消した。パドルでやったように、あれでお尻を叩かれるのだろうか？　革の鞭で腹をすうっと撫でられ、腹筋が興奮してびくんと動いた。尻を甘美に撫でられて、エロティックな感覚が性器にじんわり広がっていく。イアンが鞭を振りあげた。

パチンッ、パチンッ、パチンッ。

フランチェスカはあえぐ。鞭で叩かれた尻ははじめ痛かったが、それからすぐ痛みは消えて、熱いうずきに変わった。

「強すぎたかい?」イアンが言い、まず彼女の顔に目を走らせてから、乳房に視線を移す。打面《スラッパー》を脇腹にすべらせ、右の乳房の側面から丸みをなぞる。それを乳首に当てられ、小刻みに動かされると、もうどうしようもなくなって、声をあげた。「きみのかわいい乳首が、すべてよしとぼくに言っている」鞭を振りあげ、乳房の側面を軽く叩いたかと思うと、同じ乳房の下の丸みを叩き、それから勃起した乳首を叩いた。すばやく、正確に、必要な部分だけに刺激を与えていく。

彼女の中で何かが発火した。腿のあいだで液体のような熱が噴出する。乳房を叩かれているという事実と同じぐらい、自分のあられもない強い反応がショックだった。屈辱感に襲われて、目をぎゅっと閉じる。いったい自分はどこまで倒錯しているんだろう。こんな変態まがいのことに、圧倒されるような快感を覚えるなんて。

「フランチェスカ?」

彼の緊張した口調に、フランチェスカは目をあけた。

「だいじょうぶかい?」

「はい」言いながら、自分ではどうしようもなく、口がガクガクしている。クリトリスの興奮剤は、どうやら前回イアンにパドルで叩かれたとき以上にやる気満々で仕事をしているようで、フランチェスカのクリトリスは興奮でじんじんうずいていた。

「痛いのか、いいのか?」乱暴に訊く。

「あ……痛い」フランチェスカは消え入りそうな声で言う。羞恥心と興奮が、彼女の心と身体の支配権を握ろうと張り合っている。イアンの表情がこわばっているのを見て、フランチェスカはさらに言葉をつけたす。「それに、いい。すごくいい」

「なんてことを言うんだ」叱る口調ながら、彼の目はぎらぎら燃えている。怒っているのではなく、喜んでいるのがはっきりわかる。イアンがふたたび鞭を振るい、乳房のふくらみを下から叩くと、丸い乳房がぷるぷる揺れた。唇を噛んでこらえるものの、うめき声が喉を震わせる。「尻を真っ赤になるまで叩いてやるぞ、おまえみたいな、ちっちゃな……」

ちっちゃな……何なのか、彼女には永遠にわからない。なぜならそれからすぐ、片方の乳首を続けざまに打たれたからだ。手加減しながらも、じんとする痛みを着実に与えてくるイアンに、フランチェスカは歯を食いしばり、目をぎゅっとつぶり、無意識のうちに胸を前へ突きだした。

「いいぞ、自分からぼくに身を差しだした」つぶやきながら、乳房の側面と底を数回叩く。「さあ……きみがどれだけ感じているか、教えてくれ」言いながら、彼女の乳房の全面に鞭を甘美にすべらせる。依然として目を固く閉じながら、彼女の身体は快感と一体になる。うっ。腿のあいだでクリトリスが叫んでいる――こっちもなんとかして。

「フランチェスカ？」イアンが厳しく迫った。

ああ、だめ。そんなことはとても言えない。イアンは革の鞭を片方の乳首の上にすべらせ、ピクッ、ピクッと痙攣するような動きを加えて、彼女の芯にまで刺激を与えていく。フランチェスカはあえいだ。

「……てくれたら、すごくうれしい……」

イアンがまた鞭の打面《スラッパー》を乳首の上で小刻みに動かし、フランチェスカはうめき声をあげる。

「何をだい？　言ってごらん。何も恥ずかしいことはない」優しさと緊張の混じった声。フランチェスカのあごにぎゅっと力がこもる。本音が口まで出かかりながら、それを呑みこむ。イアンは革のスラッパーを小気味よく動かして、乳首を刺激し続ける。

「それで、腿の繋ぎ目を叩いてくれたら……すごくうれしい」

乳首からスラッパーが離れ、彼はだまっている。フランチェスカは不安になって目をあけた。「どうしたの？」イアンに訊く。相手のこわばった表情が何を意味するのかわからなかった。

ゆっくりと首を振るイアンを見て、フランチェスカは気づいた。驚愕している……。彼は鼻孔をふくらませ、ふいに獰猛な表情になった。フランチェスカの気分が沈む。そして、はっとする。イアンは不意を突かれたのだ。予想もしない言葉が飛びだしたから。

「あの……よくわからないけど……ごめんなさい。イアン？」フランチェスカは彼の反応に面食らうばかりで、なんと言っていいかわからない。

「人を悩殺しておいて、謝ることはない」そう言うと、一歩前へ踏みだして、彼女の右あごを下から支え、口を口でふさいだ。形の良い肉厚な唇と貪欲な舌で彼女をほしいままにする。彼の味に――支配者の自信に――フランチェスカがほろ酔い気分になったとき、イアンが顔を上げた。「きみは途方もないやり方で、ぼくから自制心を奪う」フランチェスカは彼の唇に向かって、はあはあ息を切らした。彼の口調は非難めいていたが、この状況を思えば、それは喜びの裏返しだとわかる。

性器に熱がわっとあふれる。彼が喜んでいると思うと、どういうわけだか自分もうれしくなってしまう。

「だが、それでお仕置きから逃れようと思ったら、大きな間違いだ」

「べつにそんなつもりは――」

「まずはこのお仕置きをやりとげる」心を鬼にして、彼女の途方もないリクエストを無視する。それからもう一度口に優しくキスをした。「さあ、腰を曲げて、お尻をこちらへ突きだしてごらん。両手の自由がきかないから、腿は閉じたままでいい。きみのかわいいお尻をひりひり痛ませて、ぼくをこれほどまでに心配させたお仕置きをしよう」

その口調から、さっきよりも強く叩かれるのだとわかった。フランチェスカは腕を下げて腰を曲げ、手錠をはめられた手を膝の上に置いた。間髪をいれずイアンは革のスラッパーで彼女の尻の丸みを愛撫する。背をかすかに弓なりにしろと言ったイアンの言葉を思いだした。性器がきゅっと締まり、敏感な乳首がうずくのがわかって、思わず胸を前に突きだした。

尻を愛撫しているスラッパーの動きがとまった。フランチェスカは心配そうに横目で様子をうかがう。

イアンがかっとなって罵り言葉を吐いた。フランチェスカは高まる興奮の中、彼が急いでスラックスのファスナーをおろすのを見ている。スラックスは腿までおろさず、手が入るだけのすきまをあけて、尻まわりにたるませておく。スラックスの前あきから、硬く屹立したペニスをずいぶん苦労してひっぱりだそうとしていた。ひとたび外に出ると、ずっしりとしたそれは、ボクサーショーツとスラックスのよせられた布地に押しあげられ、彼の身体と水平方向に伸びたまま安定した。

フランチェスカは彼のペニスをまじまじと見る。これほど近くで見るのは初めてだった。彼がそうさせてくれなかったのだ。あまりの美しさに、胸を打たれるような気分だった。これほど露骨に大きく主張するものを、四六時中脚のあいだにおさめていながら、どうして普通に歩きまわることができるのだろう？　たしかに、ふだんはここまで勃起していないだろう……それにしたって。彼の性器から、かすかに漂う、えも言われぬ男の匂い。フランチェスカは魅了されたように、その太く長い肉茎に目が釘付けになる。

ペニスの根元から先にかけて走る数本の血管。それがドクドクと膨れあがって彼の興奮に油を注いでいるのがわかる。先細りになった多汁な亀頭が、彼女の口に唾をわかせる。毛のない陰部からは睾丸も丸見えになっていた。

「きみに目隠しをするべきだった」冷めた口調でイアンが言う。「床に目を落としてごらん、子猫ちゃん」言われたとおりにすると、息が苦しかった。イアンは鞭で彼女の尻を撫でる。「用意はいいかい？」

「はい」かすれ声で言った。ほんとうにいいの？

イアンのスラッパーがパチンと音をたて、フランチェスカは甲高い声をあげた。その声で、感じているのか、痛がっているのか、イアンには聞き分けられるようで、毎回違う部分を打ちながら、彼女の尻をまんべんなく発熱させていく。尻の両方の丸みをあますところなく打ち終わったところで、第二弾がはじまった。すでにひりひりしている尻を打たれるのだから、これは痛くてたまらない。歯を食いしばりながら、クリトリスを襲うめくるめく快感に助けられて、尻を打たれる痛みに耐える。不思議だった。打たれている場所から遠く離れているというのに、なぜ乳首が気持ちいいのだろう。尻を打たれながら、足の裏までが焼けるように熱くなってくるのはなぜ？

「うっ」とりわけ痛い一撃を受けて、フランチェスカはうめいた。

「完全に腰を折り曲げて、両手を足の前につけ」

いきなり厳しい口調で言われたので、振り返らずにはいられなかった。その瞬間、口から震える声が漏れた。イアンはフランチェスカを叩きながら、ペニスを握って、自分の手で激しくしごいていた。目は自分の手元から離れないものの、フランチェスカに見られていると気づいているはずだった。

「頭を下げろ」かすれ声で言う。

フランチェスカはさらに腰をかがめ、腿の後ろの筋肉をつっぱらせながら、半ば朦朧となりつつ両手で爪先をつかんだ。いまの低いうめき声は、彼が満足した証拠？ 次の瞬間、あらゆる考えが頭から吹き飛んだ。彼の大きな手が尻を鷲づかみにし、脚が大きくひらいて濡れた外陰部が冷気にさらされた。

興奮の極みにある感じやすい肉びらをスラッパーが軽く打った瞬間、彼女は鋭く叫んだ。イアンは片手に力を入れてさらに尻をめくり、外陰部を大きく露出させる。

パチン。

勃起したクリトリスを正確に打たれて、フランチェスカの膝ががくんと折れた。ふいに彼女はこのセクシーなおもちゃの性具としての真価を理解した――小さく、正確で、よく効く――少なくともイアンの手に握られると。

イアンはあわてて彼女の肩に手を置いて支える。津波のようなオーガズムが彼女に襲いかかるのがわかったのだ。フランチェスカはしばらくのあいだ忘我の境地をさまよい、さんざんに泣き叫び、クライマックスの爆発に身をゆだねる。震える身体をイアンがしっかり抱きとめてくれているのが、ぼんやりわかった。片方の尻は彼の身体に押しつけられ、もういっぽうは彼の手の中にあり、腿のあいだでせわしく動く指に、エクスタシーはいや増し、鋭い叫び声がとまらない。

震えが治まってくると、イアンが両手で彼女を一メートルほど先へ導いた。

「かがみこんで、椅子の座面に前腕をそろえて置きなさい」背後から固い声で言う。フランチェスカはぼうっとしながらルイ十五世の椅子の広々とした贅沢なクッションの上に身をかがめた。イアンが後ろで動くのがわかる。彼のスラックスが尻をさっとこすったかと思うと、勃起したペニスの先が触れた。新たな興奮が満足しきった彼女の身体を貫いて、どうしていいかわからない。

フランチェスカの魅力に圧倒されるだろうことは予想がついていた。しかしまさかこれほど……残酷なまでに翻弄されるとは思わなかった。イアンは無我夢中でコンドームをさがし、ペニスに装着する。

――それで、腿の繋ぎ目を叩いてくれたら……すごくうれしい。

彼女がそう言った瞬間、心臓発作を起こしそうだった。じらしにじらして、どうか乳首を叩いてくださいと彼女に懇願されたなら、もうそれだけで大満足のはずだった。

ところが彼女はピンクの唇をひらき、あんな淫らなことを口にした。それでいて自分は、思いつきで行動した罰だと言って彼女をお仕置きしている。思いつきであんなことを言われて、われを忘れるほど興奮したのは、どこのどいつだ？

イアンは彼女の尻に片手を置き、もういっぽうの手でペニスを握った。「これからきみをファックする。めちゃめちゃに」言いながら、彼女を見おろす。赤らんだ尻と、白い背中や腿との対比がエロティックだった。「きみが達するのをもう待ってはいられない。きみがぼくをこんなふうにしたんだから、その責任はとってもらう」片手で彼女の尻をめくって膣口を剝きだしにし、狭い隙間にペニスの亀頭を押し入れる。ペニスが自ら彼女の内奥に向かって伸張していくのがわかる。彼女の熱はコンドーム越しでも伝わってきた。両方の尻をしっかりつかんで、一気に睾丸の手前まで挿入する。押さえていても、彼女の腰は前にがくんと動いた。フランチェスカの両手が何かつかまるものをさがしている。その手が椅子の背の木枠をつかむのを待つあいだ、イアンは耐える苦痛に口を曲げる。

ふたたびファックがはじまった。一度ペニスを引いて亀頭の先だけを入れておいてから、勢いよく突く。たがいの肌がぶつかって彼女の喉から小さな叫び声が漏れる。イアンの視界が細くしぼられて、従順な美女の裸体しか見えなくなる。摩擦しながら締めつける、その快感はほとんど耐えがたく、熱い膣が彼を翻弄し、しぼりあげ……失神させようとする。

彼女の柔らかで温かい身体を猛然と貫いて、激しい欲望に朦朧としながらも、その勢いで寝椅子がオリエンタルな絨毯《じゅうたん》の上で飛びはね、かすかにすべっているのがわかった。フランチェスカは悪くない――罪深いのは自分のほうだ――それでも彼は飢えた獣のように、うなり続ける。

「そのままじっとして」厳しい声で言って、彼女の尻をもっと安定するようにつかみなおし、いきりたつペニスにプッシーをあてがい、自分の腰骨と腿を彼女の尻に叩きつける。打たれたところが痛むであろうことも、いまは気にしていられない。それほど彼はわれを忘れていた。ああ、なんていいんだ。彼女の尻を腰骨に叩きつけると、ペニスがびくんと跳ねて、膣のさらに奥まで到達しようとする。

怒濤のように射精し、全身を貫くオーガズムに喉が焼け焦げる。


フランチェスカは熱い頰を寝椅子の柔らかな布に押しつけて、じっと横たわっている。自分の中で彼が射精した。その瞬間の興奮にひたすら驚いて口をぽかんとあけている。まるで体内でロケットが発射したように、何かが爆発する感覚があった。イアンが快感に屈した瞬間を、ペニスを包んでいた膣がはっきり感じ取った、あの感覚を自分は生涯忘れないとフランチェスカは思う。

喉を切り裂くような、うめき声が聞こえた。ペニスをいきなり抜かれた瞬間、何か大事なものをもぎとられたような感じがした。

「フランチェスカ」声をかけると同時に、彼女を立たせ、背中を抱いた格好のまま、ソファへ向かう。ふたりで歩きながら――よろめきながら、と言ったほうがいい――身体はぴったりくっつけたまま、わずかな距離を移動してソファにたどり着いた。イアンはフランチェスカの身体もろとも、クッションの上に倒れこみ、左の尻ですわった。フランチェスカの背中は彼のネクタイとシャツのボタンに押しつけられている。イアンの温かで、依然として力を失っていないペニスは彼女の腰の上部に当たっていた。

ふたりして荒く息をつきながら、時間をかけて呼吸を整える。愛撫するように首筋と肩にかかる彼の熱い息に、フランチェスカはうっとりしている。

「イアン？」彼の息がだいぶ整い、彼女のウエストと尻をけだるげに撫でてくるのを見て、フランチェスカは訊いた。

「なんだい」イアンの声は低くかすれている。

「だまって消えたこと、本気で怒っていたの？」

「ああ。でももう怒っていない」

「だけど、最初は本気で？」

「ああ」

フランチェスカはあごをひねった。彼の表情は和らいでいた。彼女の裸の脇腹を撫でながら、上下に動く自分の手をじっと見ている。

「よくわからないわ。どうして？」

イアンの手がとまり、口を固く結んだ。

「教えて」フランチェスカがささやく。

「ぼくがまだ子どもの頃、母がよくそうやって消えた」

「消えた？　消えたって、どこへ？」

イアンは肩をすくめる。「神のみぞ知る。いろんなところで見つけたよ——田舎道をふらふらと歩きながら、パニックになった子犬に葉っぱを餌がわりにやっていたり、凍るように冷たい川に裸で浸かっていたり……」

フランチェスカは驚きながら、彼の無表情な顔をさぐるように見つめた。

「お母様は心の病気でいらした？」ミセス・ハンソンの話を思いだした。

「統合失調症」イアンは彼女の尻から手を離し、自分の短い前髪を手で払った。「時に被害妄想に苦しむこともあった」

「それで……いつもそんな状態だったの？」緊張する喉の奥から声をしぼりだした。

イアンの青い瞳が彼女の顔をさぐるように見た。フランチェスカはあわてて心配を隠す。同情は嫌いだろうと、なんとなくわかった。「いいや。そんなことはない。じつに魅力的で、優しいときがあって、これ以上素晴らしい母親は世界中どこをさがしたっていないだろうと思えた」

「イアン」彼が身体を起こそうとするのがわかって、そっと声をかけた。彼が離れていく。その原因をつくったのが自分だとわかって、ひどく後悔する。

「いいんだ」イアンは長い脚を床の上に勢いよくおろし、彼女に横顔を向けた。「これでわかっただろう。きみにあんなふうに消えてほしくなかった、ぼくの気持ちが」

「わかったわ。今後そういうことをする場合は、必ず書き置きを残していく。だけどわたしにも自分で判断をしなきゃいけないときがある」言ったあとで、緊張して彼の顔を見つめる。彼を心配させないために、自分をなくして、いつでも言いなりになると約束することはできなかった。

イアンが勢いよく頭を振りあげた。いらだっているのがわかる。ばかなことを言うな、自分の命じたとおりにするのが一番だと、そう言うつもりだろうか？　あるいはもうこれを最後にふたりの関係は終わりにしようと言うのだろうか？「ぼくとしては、今回と同じような状況では、きみに大人しく、すわっていてもらいたい」

「わかってる。それは聞いたわ」柔らかな口調で言い、身体を起こして彼のこわばったあごにさっとキスをする。「じゃあ、わたしはつねにあなたの好みを念頭に置いて、自分で判断する」

イアンはつかのま目をつぶり、自分を落ちつかせようとしているようだった。どうしてわたしは、彼をいらだたせずにはいられないのだろう？

「シャワーを浴びてから、ちょっと外に出よう」イアンはこわばった口調で言いながら立ちあがり、部屋を出ていこうとする。べつのスイートルームでシャワーを浴びるつもりなのだろう。フランチェスカの胸に安心が押しよせる。彼の望むときに、彼の望むように自分が動かなかったからと言って、いまこの瞬間に、シカゴへ送り返されるのではなかった。ほんのわずかながら、胸に勝利感がわいてきたことを、フランチェスカは認めざるを得なかった。

「わたしには、もうこれ以上教えることはない……これが自分のやり方だって、力を示す必要もなくなったってわけ？」訊きながら、どうしても口元がにやけてしまう。

イアンが首をねじって彼女を見た。青い瞳に稲妻のような光がはじけた——遠くでいまにも嵐が起こりそうな。フランチェスカの顔から笑みが消えた。

なんだっていつも余計なことを言ってしまうんだろう？

「今日の日はまだ終わっちゃいないよ、フランチェスカ」低い声に危険をかすかに匂わせて、イアンは彼女に背を向けて部屋から出ていった。


（下巻へつづく）

ベルベット文庫

BECAUSE YOU ARE MINE by Beth Kery
Original English language edition

This edition published by arrangement with The Berkley Publishing Group, a member of Penguin Group (USA) Inc. through Tuttle-Mori Agency, Inc., Tokyo

ご主人様《しゅじんさま》はダーク・エンジェル　上《じょう》

2013年7月25日　第1刷

著　者　ベス・ケリー

訳　者　杉田七重《すぎたななえ》

発行者　礒田憲治

発行所　株式会社 集英社クリエイティブ
東京都千代田区神田神保町2-23-1　〒101-0051
電話 03-3239-3811

発売所　株式会社 集英社
東京都千代田区一ツ橋2-5-10　〒101-8050
電話 03-3230-6393（販売）
03-3230-6080（読者係）

印　刷　中央精版印刷株式会社　株式会社美松堂

製　本　中央精版印刷株式会社

ロゴマーク・フォーマットデザイン　大路浩実

ISBN978-4-420-32007-8 C0197